B. TRAVEN

CANASTA DE CUENTOS MEXICANOS

SÉLECTOR

ACTUALIDAD EDITORIAL

Canasta of Mexican Stories / Canasta de cuentos mexicanos
B. Traven

D.R. © Rosa Elena Luján, María Eugenia Montes de Oca Luján,
Irene Pomar Montes de Oca, herederas
D.R. © 1956, B. Traven

D.R. © Rosa Elena Luján, traducción
D.R. © Alejandro Magallanes, diseño de colección

SELECTOR
ACTUALIDAD EDITORIAL

D.R. © Selector S.A. de C.V. 2018
Doctor Erazo 120, Col. Doctores,
C.P. 06720, Ciudad de México

ISBN: 978-607-453-546-4

Primera edición en este formato: abril de 2018
Tercera reimpresión en este formato: agosto de 2019

Octava edición   Junio 2023

Impreso en México
Printed in Mexico

Índice

CANASTITAS EN SERIE

En calidad de turista en viaje de recreo y descanso, llegó a estas tierras de México Mr. E. L. Winthrop.

Abandonó las conocidas y trilladas rutas anunciadas y recomendadas a los visitantes extranjeros por las agencias de turismo y se aventuró a conocer otras regiones.

Como hacen tantos otros viajeros, a los pocos días de permanencia en estos rumbos ya tenía bien forjada su opinión y, en su concepto, este extraño país salvaje no había sido todavía bien explorado, misión gloriosa sobre la tierra reservada a gente como él.

Y así llegó un día a un pueblecito del estado de Oaxaca. Caminando por la polvorienta calle principal en que nada se sabía acerca de pavimentos y drenaje y en que las gentes se alumbraban con velas y ocotes, se encontró con un indio sentado en cuclillas a la entrada de su jacal.

El indio estaba ocupado haciendo canastitas de paja y otras fibras recogidas en los campos tropicales que rodean el pueblo. El material que empleaba no sólo estaba bien preparado, sino ricamente coloreado con tintes que el artesano extraía de diversas plantas e insectos mediante procedimientos conocidos únicamente por los miembros de su familia.

El producto de esta pequeña industria no le bastaba para sostenerse. En realidad vivía de lo que cosechaba en su milpita: tres y media hectáreas de suelo no muy fértil, cuyos rendimientos se obtenían después de mucho sudor, trabajo y constantes preocupaciones sobre la oportunidad de las lluvias y los rayos solares. Hacía canastas cuando terminaba su quehacer en la milpa para aumentar sus escasos ingresos.

Era un humilde campesino, pero la belleza de sus canastitas ponían de manifiesto las dotes artísticas que poseen casi todos estos indios. En cada una se admiraban los más bellos diseños de flores, mariposas, pájaros, ardillas, antílopes, tigres y una veintena más de animales habitantes de la selva. Lo admirable era que aquella sinfonía de colores no estaba pintada sobre la canasta, era parte de ella, pues las fibras teñidas de diferentes tonalidades estaban entretejidas tan hábil y artísticamente, que los dibujos podían admirarse igual en el interior que en el exterior de la cesta. Y aquellos adornos eran producidos sin consultar ni seguir previamente dibujo alguno. Iban apareciendo de su imaginación como por arte de magia y, mientras la pieza no estuviera acabada, nadie podía saber cómo quedaría.

Una vez terminadas, servían para guardar la costura, como centros de mesa, o bien para poner pequeños objetos y evitar que se extraviaran. Algunas señoras las convertían en alhajeros o las llenaban con flores.

Se podían utilizar de cien maneras.

Al tener listas unas dos docenas de ellas, el indio las llevaba al pueblo los sábados, que eran días de tianguis. Se ponía en camino a medianoche. Era dueño de un burro, pero si éste se extraviaba en el campo, cosa frecuente, se veía obligado a marchar a pie durante todo el camino. Ya en el mercado, debía pagar un tostón de impuesto para tener derecho a vender.

Cada canasta representaba para él alrededor de quince o veinte horas de trabajo constante, sin incluir el tiempo que empleaba para recoger el bejuco y las otras fibras, prepararlas, extraer los colorantes y teñirlas.

El precio que pedía por ellas era ochenta centavos, equivalentes más o menos a diez centavos moneda americana. Pero raramente ocurría que el comprador pagara los ochenta centavos, o sea los seis reales y medio como el indio decía. El comprador en ciernes regateaba, diciéndole al indio que era un pecado pedir tanto. "¡Pero si no es más que petate que puede cogerse a montones en el campo sin comprarlo!, y, además, ¿para qué sirve esa cháchara?, deberás quedar agradecido si te doy treinta centavos por ella. Bueno, seré generoso y te daré cuarenta, pero ni un centavo más. Tómalos o déjalos".

Así, pues, a final de cuentas tenía que venderla por cuarenta centavos. Mas a la hora de pagar, el cliente decía: "Válgame Dios, si sólo tengo treinta centavos sueltos. ¿Qué hacemos? ¿Tienes cambio de un billete de cincuenta pesos? Si puedes cambiarlo tendrás tus cuarenta fierros". Por supuesto, el indio no puede cambiar el billete de cincuenta pesos, y la canastita es vendida por treinta centavos.

El canastero tenía muy escaso conocimiento del mundo exterior, si es que tenía alguno, de otro modo hubiera sabido que lo que a él le ocurría pasaba a todas horas del día con todos los artistas del mundo. De saberlo se hubiera sentido orgulloso de pertenecer al pequeño ejército que constituye la sal de la tierra, y gracias al cual el arte no ha desaparecido.

A menudo no le era posible vender todas las canastas que llevaba al mercado, porque en México, como en todas partes, la mayoría de la gente prefiere los objetos que se fabrican en

serie por millones y que son idénticos entre sí, tanto que ni
con la ayuda de un microscopio podría distinguírseles. Aquel
indio había hecho en su vida varios cientos de estas hermosas
cestas, sin que ni dos de ellas tuvieran diseños iguales. Cada
una era una pieza de arte único, tan diferente de otra como
puede serlo un Murillo de un Reynolds.

Naturalmente, no podía darse el lujo de regresar a su casa
con las canastas no vendidas en el mercado, así es que se de-
dicaba a ofrecerlas de puerta en puerta. Era recibido como
un mendigo y tenía que soportar insultos y palabras desagra-
dables. Muchas veces, después de un largo recorrido, alguna
mujer se detenía para ofrecerle veinte centavos, que después
de muchos regateos aumentaría hasta veinticinco. Otras, tenía que conformarse con los veinte centavos, y el comprador,
generalmente una mujer, tomaba de entre sus manos la pequeña maravilla y la arrojaba descuidadamente sobre la mesa
más próxima y ante los ojos del indio como diciendo: "Bueno,
me quedo con esta chuchería sólo por caridad. Sé que estoy
desperdiciando el dinero, pero, como buena cristiana, no puedo ver morir de hambre a un pobre indito, y más sabiendo que
viene desde tan lejos". El razonamiento le recuerda algo práctico, y deteniendo al indio le dice: "¿De dónde eres, indito...?
¡Ah!, ¿sí? ¡Magnífico! ¿Conque de esa pequeña aldea? Pues
óyeme, ¿podrías traerme el próximo sábado tres guajolotes?
Pero han de ser bien gordos, pesados y mucho muy baratos.
Si el precio no es conveniente, ni siquiera los tocaré, porque
de pagar el común y corriente los compraría aquí y no te los
encargaría. ¿Entiendes? Ahora, pues, ándale".

Sentado en cuclillas a un lado de la puerta de su jacal, el indio trabajaba sin prestar atención a la curiosidad de Mr. Winthrop; parecía no haberse percatado de su presencia.

—¿Cuánto querer por esa canasta, amigo? —dijo Mr. Winthrop en su mal español, sintiendo la necesidad de hablar para no parecer un idiota.

—Ochenta centavitos, patroncito; seis reales y medio —contestó el indio cortésmente.

—Muy bien, yo comprar —dijo Mr. Winthrop en un tono y con un ademán semejante al que hubiera hecho al comprar toda una empresa ferrocarrilera. Después, examinando su adquisición, se dijo: "Yo sé a quién complaceré con esta linda canastita, estoy seguro de que me recompensará con un beso. Quisiera saber cómo la utilizará".

Había esperado que le pidiera por lo menos cuatro o cinco pesos. Cuando se dio cuenta de que el precio era tan bajo pensó inmediatamente en las grandes posibilidades para hacer negocio que aquel miserable pueblecito indígena ofrecía para un promotor dinámico como él.

—Amigo, si yo comprar diez canastas, ¿qué precio usted dar a mí?

El indio vaciló durante algunos momentos, como si calculara, y finalmente dijo:

—Si compra usted diez se las daré a setenta centavos cada una, caballero.

—Muy bien, amigo. Ahora, si yo comprar un ciento, ¿cuánto costar?

El indio, sin mirar de lleno en ninguna ocasión al americano, y desprendiendo la vista sólo de vez en cuando de su trabajo, dijo cortésmente y sin el menor destello de entusiasmo:

—En tal caso se las vendería por sesenta y cinco centavitos cada una.

Mr. Winthrop compró dieciséis canastitas, todas las que el indio tenía en existencia.

Después de tres semanas de permanencia en la República, Mr. Winthrop no sólo estaba convencido de conocer el país perfectamente, sino de haberlo visto todo, de haber penetrado el carácter y las costumbres de sus habitantes y de haberlo explorado por completo. Así, pues, regresó al moderno y bueno "Nuyorg" satisfecho de encontrarse nuevamente en un lugar civilizado.

Cuando hubo despachado todos los asuntos que tenía pendientes, acumulados durante su ausencia, ocurrió que un mediodía, cuando se encaminaba al restaurante para comer un emparedado, pasó por una dulcería y al mirar lo que se exponía en los aparadores recordó las canastitas que había comprado en aquel lejano pueblecito indígena.

Apresuradamente fue a su casa, tomó todas las cestitas que le quedaban y se dirigió a una de las más afamadas confiterías.

—Vengo a ofrecerle —dijo Mr. Winthrop al confitero— las más artísticas y originales cajitas, si así quiere llamarlas, y en las que podrá empacar los chocolates finos y costosos para los regalos más elegantes. Véalas y dígame qué opina.

El dueño de la dulcería las examinó y las encontró perfectamente adecuadas para cierta línea de lujo, convencido de que en su negocio, que tan bien conocía, nunca se había presentado estuche tan original, bonito y de buen gusto. Sin embargo, evitó cuidadosamente expresar su entusiasmo hasta no enterarse del precio y de asegurarse de obtener toda la existencia.

Alzando los hombros dijo:

—Bueno, en realidad, no sé. Si me pregunta usted, le diré que no es esto exactamente lo que busco. De cualquier forma podríamos probar; desde luego, todo depende del precio. Debe usted saber que en nuestra línea, la envoltura no debe costar más que el contenido.

—Ofrezca usted —contestó Mr. Winthrop.

—¿Por qué no me dice usted, en números redondos, cuánto quiere?

—Mire usted, Mr. Kemple, toda vez que he sido yo el único hombre suficientemente listo para descubrirlas y saber dónde pueden conseguirse, las venderé al mejor postor. Comprenda usted que tengo razón.

—Sí, sí, desde luego, pero tendré que consultar el asunto con mis socios. Venga a verme mañana a esta misma hora y le diré lo que hayamos decidido.

A la mañana siguiente, cuando Mr. Winthrop entró en la oficina de Mr. Kemple, este último dijo:

—Hablando francamente le diré que yo sé distinguir las obras de arte, y estas cestas son realmente artísticas. De cualquier forma, nosotros no vendemos arte, usted lo sabe bien, sino dulces, por lo tanto, considerando que sólo podremos utilizarlas como envoltura de fantasía para nuestro mejor praliné francés, no podremos pagar por ellas el precio de un objeto de arte. Eso debe usted comprenderlo, señor... ¿Cómo dijo que se llamaba? ¡Ah!, sí, Mr. Winthrop. Pues bien, Mr. Winthrop, para mí solamente son una envoltura de alta calidad, hecha a mano, pero envoltura al fin. Y ahora le diré cuál es nuestra oferta, ya sabrá si aceptarla o no. Lo más que pagaremos por ellas será un dólar y cuarto por cada una y ni un centavo más. ¿Qué le parece?

Mr. Winthrop hizo un gesto como si le hubieran golpeado la cabeza.

El confitero, interpretando mal el gesto de Mr. Winthrop, dijo rápidamente:

—Bueno, bueno, no hay razón para disgustarse. Tal vez podamos mejorarla un poco, digamos uno cincuenta la pieza.

—Que sea uno setenta y cinco —dijo Mr. Winthrop respirando profundamente y enjugándose el sudor de la frente.

—Vendidas. Uno setenta y cinco puestas en el puerto de Nueva York. Yo pagaré los derechos al recibirlas y usted el embarque. ¿Aceptado?

—Aceptado —contestó Mr. Winthrop cerrando el trato.

—Hay una condición —agregó el confitero cuando Mr. Winthrop se disponía a salir—. Uno o dos cientos no nos servirían de nada, ni siquiera pagarían el anuncio. Lo menos que puede usted entregar son diez mil, o mil docenas si le parece mejor. Y, además, deben ser, por lo menos, en veinte dibujos diferentes.

—Puedo asegurarle que las puedo surtir en sesenta dibujos diferentes.

—Perfectamente. Y ¿está usted seguro de que podrá entregar las diez mil en octubre?

—Absolutamente —dijo Mr. Winthrop, y firmó el contrato.

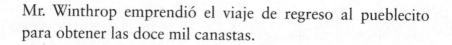

Mr. Winthrop emprendió el viaje de regreso al pueblecito para obtener las doce mil canastas.

Durante todo el vuelo sostuvo una libreta en la mano izquierda, un lápiz en la derecha y escribió cifras y más cifras, largas columnas de números, para determinar exactamente qué tan rico sería cuando realizara el negocio. Hablaba solo y se contestaba, tanto que sus compañeros de viaje lo creyeron trastornado.

"Tan pronto como llegue al pueblo —decía para sí—, conseguiré a algún paisano mío que se encuentre muy bruja y a quien le pagaré ochenta, bueno, diremos cien pesos a la semana. Lo mandaré a ese miserable pueblecito para que establezca en él su cuartel general y se encargue de vigilar la producción y de hacer el empaque y el embarque. No tendremos pérdidas por roturas ni por extravío. ¡Bonito, lindo negocio este! Las cestas prácticamente no pesan, así es que el embarque costará cualquier cosa, diremos cinco centavos por pieza cuando mucho. Y, por lo que yo sé, no hay que pagar derechos especiales por ellas, pero si los hubiera, no pasarían de cinco centavos tampoco, y éstos los paga el comprador; así, pues, ¿cuánto llevo...?

"Aquel indio tonto que no sabe ni lo que tiene me ofreció un ciento a sesenta y cinco centavos la pieza. No le diré enseguida que quiero doce mil para que no se avorace y conciba ideas raras y trate de elevar el precio. Bueno, ya veremos, un trato es un trato aun en esta República dejada de la mano de Dios. ¡República! ¡Hum...! y ni siquiera hay agua en los lavabos durante la noche. República... Bueno, después de todo, yo no soy su presidente. Tal vez pueda lograr que rebaje cinco centavos más en el precio y que éste quede en sesenta centavos. De cualquier modo, y para no calcular mal, diremos que el precio es de sesenta y cinco centavos, esto es, sesenta y cinco centavos moneda mexicana. Veamos... ¡Diablo! ¿Dónde está ese maldito lápiz...? Aquí... Bueno, el peso está en relación con el dólar a ocho y medio por uno, por lo tanto, sesenta y cinco centavos equivalen más o menos a ocho centavos de dinero de verdad. A eso debemos agregar cinco centavos por empaque y embarque, más, digamos, diez centavos por gastos de administración, lo que será más que suficiente para pagar aquí y allá algo de extras. Quizás al empleado de correos y allá al agente del exprés para que active la expedición rápida y preferente.

"Ahora agreguemos otros cinco centavos para gastos imprevistos, y así estaremos completamente a salvo. Sumando todo ello... ¡Mal rayo! ¿Dónde está otra vez ese maldito lápiz...? ¡Vaya, aquí está...! La orden es por mil docenas. ¡Magnífico! Me quedan alrededor de veinte mil dólares limpiecitos. Veinte mil del alma para el bolsillo de un humilde servidor. ¡Caramba, sería capaz de besarlos! Después de todo, esta República no está tan atrasada como parece. En realidad es un gran país. Admirable. Se puede hacer dinero en esta tierra. Montones de dinero, siempre que se trate de tipos tan listos como yo".

Con la cabeza llena de humo llegó por la tarde al pueblecito de Oaxaca. Encontró a su amigo indio sentado en el pórtico de su jacalito, en la misma postura en que lo dejara. Tal parecía que no se había movido de su lugar desde que Mr. Winthrop abandonara el pueblo para volver a Nueva York.

—¿Cómo está usted, amigo? —saludó el americano con una amplia sonrisa en los labios.

El indio se levantó, se quitó el sombrero e, inclinándose cortésmente, dijo con voz suave:

—Bienvenido, patroncito, muy buenas tardes, ya sabe que puede usted disponer de mí y de esta su casa.

Volvió a inclinarse y se sentó, excusándose por hacerlo:

—Perdóneme, patroncito, pero tengo que aprovechar la luz del día y muy pronto caerá la noche.

—Yo ofrecer usted un grande negocio, amigo.

—Buena noticia, señor.

Mr. Winthrop dijo para sí: "Ahora saltará de gusto cuando se entere de lo que se trata. Este pobre mendigo vestido de harapos jamás ha visto, ni siquiera ha oído hablar de tanto dinero como el que le voy a ofrecer".

Y hablando en voz alta dijo:

—¿Usted poder hacer mil de esas canastas?

—¿Por qué no, patroncito? Si puedo hacer veinte, también podré hacer mil.

—Tiene razón, amigo. Y cinco mil, ¿poder hacer?

—Por supuesto. Si hago mil, podré hacer cinco mil.

—¡Magnífico! ¡*Wonderful!* Si yo pedir a usted hacer doce mil, ¿cuál ser último precio? Usted poder hacer doce mil, ¿verdad?

—Desde luego, señor. Podré hacer tantas como usted quiera. Porque, verá usted, yo soy experto en este trabajo, nadie en todo el estado puede hacerlo como yo.

—Eso es exactamente que yo pensar. Por eso venir a proponerle gran negocio.

—Gracias por el honor, patroncito.

—¿Cuánto tiempo usted tardar?

El indio, sin interrumpir su trabajo, inclinó la cabeza para un lado primero, después, para el otro, tal como si calculara los días o semanas que tendría que emplear para hacer las cestas.

Luego de algunos minutos dijo lentamente:

—Necesitaré bastante tiempo para hacer tantas canastas, patroncito. Verá usted, el petate y las otras fibras necesitan estar bien secas antes de usarse. En tanto se secan hay que darles un tratamiento especial para evitar que pierdan su suavidad, flexibilidad y brillo. Aun cuando estén secas, deben guardar sus cualidades naturales, pues de otro modo parecerían muertas y quebradizas. Mientras se secan, yo busco las plantas, raíces, cortezas e insectos de los cuales saco los tintes. Y para ello se necesita mucho tiempo también, créame usted. Además, para recogerlas hay que esperar a que la luna se encuentre en posición buena, pues en caso contrario no darán el color deseado. También las cochinillas y demás insectos deben reunirse con tiempo oportuno para evitar que en vez de tinte produzcan polvo. Pero, desde luego, jefecito, que yo puedo hacer tantas de estas canastitas como usted quiera. Puedo hacer hasta tres docenas si usted lo desea, nada más deme usted el tiempo necesario.

—¿Tres docenas...? ¿Tres docenas? —exclamó Mr. Winthrop gritando y levantando desesperado sus brazos al cielo—. ¿Tres docenas? —repitió, como si para comprender tuviera que decirlo varias veces, pues por un momento creyó estar soñando.

Había esperado que el indio saltara de contento al enterarse de que podría venderle doce mil canastas a un solo cliente, sin tener necesidad de ir de puerta en puerta y ser tratado como un perro roñoso. Mr. Winthrop había visto cómo algunos vendedores de automóviles se volvían locos y bailaban como ningún indio lo hace, ni durante una ceremonia religiosa, cuando alguien les compraba en dinero contante y sonante diez carros de una vez.

A pesar de la claridad con que el indio había hablado, él creyó no haber oído bien cuando aquél dijo necesitar dos largos meses para hacer tres docenas.

Buscó la manera de hacerle comprender al indio lo que deseaba y el mucho dinero que el pobre hombre podría ganar cuando hubiera entendido la cantidad que deseaba comprarle.

Así, pues, esgrimió nuevamente el argumento del precio para despertar la ambición del indio.

—Usted decir si yo llevar cien canastas, usted dar por sesenta y cinco centavos. ¿Cierto, amigo?

—Es lo cierto, jefecito.

—Bien, si yo querer mil, ¿cuánto costar cada una?

Aquello era más de lo que el indio podía calcular. Se confundió y, por primera vez desde que Mr. Winthrop llegara, interrumpió su trabajo y reflexionó. Varias veces movió la cabeza y miró en rededor como en demanda de ayuda. Finalmente dijo:

—Perdóneme, jefecito, pero eso es demasiado; necesito pensar en ello toda la noche. Mañana, si puede usted honrarme, vuelva y le daré mi respuesta, patroncito.

Cuando Mr. Winthrop volvió al día siguiente, encontró al indio como de costumbre, sentado en cuclillas bajo el techo de palma del pórtico, trabajando en sus canastas.

—¿Ya calcular usted precio por mil? —le preguntó en cuanto llegó, sin tomarse el trabajo de dar los buenos días.

—Sí, patroncito. Buenos días tenga su merced. Ya tengo listo el precio, y créame que me ha costado mucho trabajo, pues no deseo engañarlo ni hacerle perder el dinero que usted gana honestamente...

—Sin rodeos, amigo. ¿Cuánto? ¿Cuál ser el precio? —preguntó Mr. Winthrop nerviosamente.

—El precio, bien calculado y sin equivocaciones de mi parte, es el siguiente: si tengo que hacer mil canastitas, cada una costará cuatro pesos; si tengo que hacer cinco mil, le venderé a nueve pesos cada una, y si tengo que hacer diez mil, entonces no podrán valer menos de quince pesos cada una. Y repito que no me he equivocado.

Una vez dicho esto volvió a su trabajo, como si temiera perder demasiado tiempo hablando.

Mr. Winthrop pensó que, tal vez debido a sus pocos conocimientos de aquel idioma extraño, comprendía mal.

—¿Usted decir costar quince pesos cada canasta si yo comprar diez mil?

—Eso es, exactamente, y sin lugar a equivocación, lo que he dicho, patroncito —contestó el indio cortés y suavemente.

—Usted no poder hacer eso, yo ser su amigo...

—Sí, patroncito, ya lo sé y no dudo de sus palabras.

—Bueno, yo tener paciencia y discutir despacio. Usted decir, yo comprar un ciento, costar sesenta y cinco centavos cada una.

—Sí, jefecito, eso es lo que dije. Si compra usted cien se las daré en sesenta y cinco centavitos la pieza, suponiendo que tuviera yo cien, que no tengo.

—Sí, sí, yo saber —Mr. Winthrop sentía que se volvería loco en cualquier momento—. Bien, yo no comprender por qué no poder venderme doce mil mismo precio. No querer regatear, pero no comprender usted subir precio terrible cuando yo comprar más de cien.

—Bueno, patroncito, ¿qué es lo que usted no comprende? La cosa es bien sencilla. Mil canastitas me cuestan cien veces más trabajo que una docena y doce mil toman tanto tiempo y trabajo que no podría terminarlas ni en un siglo. Cualquier persona sensata y honesta puede verlo claramente. Claro que, si la persona no es ni sensata ni honesta, no podrá comprender las cosas de la misma forma en que nosotros aquí las entendemos. Para mil canastitas se necesita mucho más petate que para cien, así como mayor cantidad de plantas, raíces, cortezas y cochinillas para pintarlas. No es nada más meterse en la maleza y recoger las cosas necesarias. Una raíz con el buen tinte violeta puede costarme cuatro o cinco días de búsqueda en la selva. Y, posiblemente, usted no tiene idea del tiempo necesario para preparar las fibras. Pero hay algo más importante: si yo me dedico a hacer todas esas canastas, ¿quién cuidará de la milpa y de mis cabras?, ¿quién cazará los conejitos para tener carne en domingo? Si no cosecho maíz, no tendré tortillas; si no cuido mis tierritas, no tendré frijoles, y entonces ¿qué comeremos?

—Yo darle mucho dinero por sus canastas, usted poder comprar todo el maíz y frijol y mucho, mucho más.

—Eso es lo que usted cree, patroncito, pero mire: de la cosecha del maíz que yo siembro puedo estar seguro, pero del que cultivan otros es difícil. Supongamos que todos los otros indios se dedican, como yo, a hacer canastas, entonces ¿quién cuida el maíz y el frijol? Tendremos que morir por falta de alimento.

—¿Usted no tener algunos parientes aquí? —dijo Mr. Winthrop, desesperado al ver cómo se iban esfumando uno a uno sus veinte mil dólares.

—Casi todos los habitantes del pueblo son mis parientes. Tengo bastantes.

—¿No poder ellos cuidar su milpa y sus animales y usted hacer canastas para mí?

—Podrían hacerlo, patroncito, pero ¿quién cuidará entonces de las suyas y de sus cabras, si ellos se dedican a cuidar las mías? Y si les pido que me ayuden a hacer canastas para terminar más pronto, el resultado es el mismo. Nadie trabajaría las milpas, y el maíz y el frijol se pondrían por las nubes y no podríamos comprarlos y moriríamos. Todas las cosas que necesitamos para vivir costarían tanto que me sería imposible, vendiendo las canastitas a sesenta y cinco centavos cada una, comprar siquiera un grano de sal por ese precio. Ahora comprenderá usted, jefecito, por qué me es imposible vender las canastas a menos de quince pesos cada una.

Mr. Winthrop estaba a punto de estallar, pero no quiso rendirse. Habló y regateó con el indio durante horas enteras, tratando de hacerle comprender cuán rico podría ser si aprovechaba la gran oportunidad de su vida.

—Piense usted, hombre, oportunidad maravillosa.

Fue desprendiendo una por una las hojas de su libreta de apuntes llenas de números, tratando de demostrarle al pobre campesino que llegaría a ser el hombre más rico de la comarca.

—Usted saber; realmente, usted poder tener un rollo de billetes así, con ocho mil pesos. ¿Usted comprender, amigo?

El indio, sin contestar, miró todas aquellas notas y cifras y vio con expresión de verdadero asombro cómo Mr. Winthrop escribía con toda rapidez números y más números, multiplicando y sustrayendo, y aquello le pareció un milagro.

Descubriendo un entusiasmo creciente en la mirada del indio, Mr. Winthrop malinterpretó su pensamiento y dijo:

—Allí tener usted, amigo, ésta ser cantidad, usted tener si acepta el trato. Siete mil y ochocientos *brillantes* pesos de plata, y no creer yo soy tacaño, yo dar usted más cuando negocio terminado, yo regalar usted mil doscientos pesos más. Usted tener nueve mil pesos.

El indio, sin embargo, no pensaba en los miles de pesos; suma semejante carecía de sentido para él. Lo que le había interesado era la habilidad de Mr. Winthrop para escribir cifras con la rapidez de un relámpago. Esto era lo que lo tenía maravillado.

—Y ahora, ¿qué decir, amigo? ¿Ser buena mi proposición, no? Diga sí, y yo darle un adelanto de quinientos pesos, luego, luego.

—Como dije a usted antes, patroncito, el precio es aún de quince pesos cada una.

—¡Pero hombre! —dijo a gritos Mr. Winthrop—, *this is the same price...*, quiero decir, ser mismo precio... *have you been on the moon...* en la luna... *all the time?*

—Mire, jefecito —dijo el indio sin alterarse—, es el mismo precio porque no puedo darle otro. Además, señor, hay algo que usted ignora. Tengo que hacer esas canastitas a mi manera, con canciones y trocitos de mi propia alma. Si me veo obligado a hacerlas por millares, no podré tener un pedazo del alma en cada una, ni podré poner en ellas mis canciones. Resultarían todas iguales, y eso acabaría por devorarme el corazón pedazo por pedazo. Cada una de ellas debe encerrar un trozo distinto, un cantar único de los que escucho al amanecer, cuando los pájaros comienzan a gorjear y las mariposas vienen a posarse en mis canastitas y a enseñarme los lindos colores de sus alitas para que yo me inspire. Y ellas se acercan porque gustan también de los bellos tonos que mis canastitas lucen. Y ahora, jefecito, perdóneme, pero he perdido ya mucho tiempo, aun cuando ha sido un gran honor y he tenido mucho placer al escuchar la plática de un caballero tan distinguido como usted, pero pasado mañana es día de plaza en el pueblo y tengo que acabar las cestas para llevarlas allá. Le agradezco mucho su visita. Adiosito.

Una vez de regreso en Nueva York, Mr. Winthrop, que sufría de alta presión arterial, penetró como huracán en la oficina privada del confitero, a quien le externó sus motivos para deshacer el contrato, explicándole furioso:

—¡Al diablo con esos condenados indios; no comprenden nada, no se puede tratar negocio alguno con ellos! ¡Créame! No tienen remedio ni ellos ni ese su país tan raro. Lo que me sorprende es que vivan, que puedan seguir viviendo en semejantes condiciones. No hay esperanzas para ellos, ni las habrá en muchos siglos, de veras, yo sé de qué hablo.

Nueva York no fue, pues, saturada de estas bellas y excelentes obras de arte, y así se evitó que en los botes de basura americanos aparecieran, sucias y despreciadas, las policromadas canastitas tejidas con poemas no cantados, con pedacitos de alma y gotas de sangre del corazón de un indio mexicano.

SOLUCIÓN INESPERADA

A los escasos dos meses de casado, Regino Borrego tuvo la sensación de que algo faltaba en su nueva vida. No podía precisar lo que aquello era, y a sus amigos explicaba la situación diciéndoles que encontraba la vida matrimonial aburrida y contraria a lo que había esperado.

Pero eso no era todo. Algunos meses después, las cosas fueron empeorando porque Manola, su mujer, no obstante que todavía no cumplía veinte años, se había vuelto mal humorienta y extremadamente regañona. Nadie, al ver aquella mujer joven y bonita, habría podido creer semejante cosa.

Regino se esforzaba por complacerla, pero todo era inútil. Ella siempre tenía alguna crítica que hacer de él. Cuando no era el traje, la forma del cuello de las camisas que compraba, el color del calzado, su manera de comer o el modo de jugar a la baraja. Todo lo que hacía le parecía mal y juzgaba tonto cuanto decía.

Un día, ella dijo:

—Qué fastidio vivir contigo. Cuando me casé creí que tenías veintidós años, pero ahora sé que estaba tan equivocada como tu acta de nacimiento. Te portas como si tuvieras sesenta o más, ochenta años...

Recalcando las palabras, él contestó:

—Pues yo ya estoy harto de ti y de tu constante repelar. Si tú crees que yo parezco de ochenta, tú debes tener noventa. Durante las horas de trabajo en la tienda me siento enteramente feliz, pero no hago más que llegar a casa y sentirme extraño, peor aún, como si fuera tu mozo.

—Ni eso podrías ser —repuso ella haciendo un gesto avinagrado.

Guadalupe Zorro, la madre de Manola, enfermó. Se había ido a residir a Los Ángeles cuando su hija se casó. Hacía cinco años que era viuda y, sintiéndose aún joven y atractiva, quiso vivir independientemente, tratando de obtener de la vida lo que una mujer menor de cuarenta y con posibilidades puede esperar cuando no se tienen prejuicios ni temor a nada. Pero la razón principal por la cual había cambiado de ciudad era porque no deseaba que la trataran como suegra. Odiaba a las suegras sobre todas las cosas porque había tenido que sufrir a uno de los peores especímenes.

Pero la alegre señora se encontraba enferma y telegrafió a su hija para que le ayudara a no morir. En los últimos tiempos había encontrado la vida tan risueña y agradable, que se negaba a renunciar a ella, pues sabía que aún le restaban muchos años buenos.

Manola tomó el primer avión para Los Ángeles, y cuando la muerte la vio llegar regañando a su madre por no haberse cuidado debidamente, echó a correr y no volvió a vérsele por los alrededores.

Cuando ocurrió esto, Manola y Regino tenían ya casi dos años de casados.

Regino no acompañó a su mujer porque tenía el lindo pretexto de tener que atender sus negocios.

Pero ella le escribía todos los días, y en cada carta le enviaba críticas de toda especie y veintenas de recomendaciones acerca de la conducta que debía seguir. El final de todas era siempre "Tu esposa fiel".

Regino se comportaba como cualquier esposo normal que de pronto puede gozar de un respiro en un régimen de vida que empieza a serle insoportable. No acostumbrado a aquella libertad, se sintió cohibido durante la primera semana. Sería exagerado decir que durante la segunda se dio al libertinaje; no era tipo para semejante cosa, pero sí paseó y recorrió libremente varios sitios alegres.

A mitad de la segunda semana recibió solamente una carta de Manola. Se percató de que contenía menos órdenes y muy pocas críticas. A la tercera semana recibió una carta el lunes, otra el miércoles y otra el sábado. Ella le preguntaba maternalmente cómo estaba y se mostraba comunicativa, diciéndole algo sobre las gentes que había conocido, sobre la salud que su madre había recobrado y las diversiones a que concurría.

La cuarta semana no tuvo correspondencia. Después sus cartas fueron más frecuentes y, por primera vez desde que la conociera, empleaba la frase "te ruego que me dispenses".

Regino no daba crédito a lo que veían sus ojos y tuvo que leer la carta varias veces para estar seguro de que realmente decía: "Te ruego que me dispenses por no haberte escrito, pero mamá sufrió una recaída. Ahora ya se encuentra mejor y espero que la semana próxima se encuentre enteramente bien para correr a casa contigo, mi vida, mi maridito adorado".

Él no comprendía bien estas palabras porque ella jamás le había hablado de esa forma.

La carta siguiente lo hizo sentirse mal. Tal vez ella se había trastornado, posiblemente su madre había muerto y la pena la había enloquecido. Sin embargo, su escritura era correcta, las letras se sucedían en orden perfecto, nada había en ellas que indicara desequilibrio mental. Pero las frases y las palabras no parecían suyas, pues ella nunca había dado muestras de emoción bajo ninguna circunstancia, ni cuando se le había declarado ni cuando se detuvieron juntos ante el altar ni siquiera cuando después de la ceremonia de la boda se encontraron solos en su alcoba. "Te quiero tanto, a ti y sólo a ti. Tu muchachita siempre fiel".

—Se ha vuelto loca —dijo Regino a sus compañeros—, estoy seguro, tendré que buscar un sanatorio para ella. ¡Pobre Manola, siempre tan sensata, tal vez demasiado cuerda! ¡Pobre Manola!

—No seas idiota —le dijo su mejor amigo—. ¡Qué sanatorio ni qué nada! No es eso lo que ella necesita. El mal en las relaciones de ustedes viene desde el principio y se debe a que se han conocido desde niños, nunca se habían separado, nunca habían descansado del matrimonio tomando unas vacaciones. Pero ahora que tu esposa ha estado lejos te parece cambiada, la encuentras como una mujer distinta. ¡Sanatorio! ¡No me hagas reír!

Manola no sorprendió a su esposo llegando inesperadamente, no, le anunció el día de su arribo.

Aquí la tenemos ya. Se detiene en el vestíbulo y mira vagamente en rededor como tratando de recordar cómo era su casa antes de irse, después dice:

—Vaya, vaya; así es como las cosas se ven cuando el marido se queda solo.

Más confuso que asombrado, Regino cierra la puerta.

Ella se quita el sombrero y deja que él la ayude a quitarse el ligero abrigo que lleva puesto. Con una sonrisa maternal dice:

—Veamos qué apariencia tiene mi muchacho, casi me había olvidado de su cara.

Lo toma por los hombros y lo sacude afectuosamente, lo mira escudriñadora a los ojos, después toma su cabeza entre las manos, lo besa cordialmente y reclinándose en su pecho le dice con voz arrulladora:

—Te quiero tanto, mi vida, tanto, tanto. Antes nunca me di cuenta de lo mucho que te quería, nunca supe apreciar lo que vales y he cometido muchas tonterías en estos dos años, pero nunca es demasiado tarde para empezar de nuevo, me esforzaré por recompensarte.

Y volvió a cubrirlo de besos.

El día siguiente por la noche, después de la cena, ella dijo:

—¿No te cansas de permanecer en casa todas las noches? Debo aburrirte mortalmente. ¿Por qué no sales un poco con tus amigos? Un hombre de negocios como tú debe cultivar sus relaciones con el mundo exterior. Es tonto que un hombre joven viva eternamente colgado a las faldas de su mujer. Anda, sal y diviértete. Te hará bien y refrescará tus ideas. Ve tranquilo, que yo te esperaré.

Mientras se vestía, se le quedó mirando y le dijo:

—Tu madre debe ser una mujer admirable.

—¿Cómo dices? —preguntó no comprendiendo que él suponía a su madre responsable del cambio que se había operado en ella—. ¿Mi madre admirable? Bueno, es lista, sí, pero creo que ahora se confía demasiado. Ya se le pasará, dejemos que se divierta. ¿Pero admirable? Tal vez. Yo no podría asegurarlo. Para ser franca, no me gustaría que viniera a vivir con nosotros —titubeó un rato y agregó—: Bueno, ahora vete porque quiero leer.

"En cualquier forma —dijo Regino para sí—, su madre le ha enseñado a portarse como una verdadera esposa, porque ¿quién más había de preocuparse por hacerla cambiar de esta manera?

Poco tiempo después, un domingo por la mañana, ella dijo enrojeciendo:

—Bueno, mi vida, creo que debemos prepararnos para recibir a un nuevo miembro de la familia.

—¿Quién viene? —preguntó él inocentemente—. ¿Tu hermano Alberto, el teniente, o quién? Dime. Quienquiera que venga será bien recibido. ¿Quién es?

—No —dijo ella tratando de ocultar la cara—. No se trata de eso —y sonriendo agregó—: Te equivocas, tonto, cabeza de chorlito. Me refiero a un nuevo miembro de nuestra familia, tuyo y mío.

Entonces comprendió. Hasta Adán hubiera comprendido mirando aquella cara encendida y sonriente.

Fue un niño. Su padre podía enorgullecerse de él y lo hacía. Se portaba como si nunca hubiera habido otro padre bajo el sol antes que él.

Durante los veintitrés años siguientes, el muchacho hizo cuanto pudo porque sus padres fueran tal vez más felices aún que en los meses que precedieron a su nacimiento.

Regino y Manola habían llegado a ser la pareja legendaria a menudo citada como ejemplo de que el matrimonio no es siempre un fracaso.

En cuanto a Cutberto, su hijo, éste se hallaba profundamente enamorado de Vera, la única hija del señor Jenaro Ochoa, un doctor muy respetado y acomodado del lugar. La muchacha tenía más o menos la edad de Cutberto.

Hacía mucho tiempo que estaban prendados uno del otro, y ella lucía su anillo de compromiso desde hacía más de un año. Sin embargo, no les había sido posible casarse debido a la oposición de los señores Borrego, padres de él.

Por su parte, el doctor, cuya esposa había muerto cuatro años atrás, se hallaba satisfecho con la elección de su hija. Tal vez él sí hubiera podido oponerse al matrimonio, pues estaba en posibilidad de darle a su hija una buena dote que le permitiera escoger mejor partido; sin embargo, estaba satisfecho y Cutberto le parecía el mejor pretendiente del mundo.

Para obtener el consentimiento de sus padres, Cutberto había empleado todos los medios de persuasión posibles, pues tenía la idea de que no podría ser feliz si tanto los suyos como los de su novia dejaban de sancionar su unión. No obstante esto, con sus amigos íntimos se jactaba de tener ideas muy modernistas y, algunas veces, platicando con ellos, hasta se había atrevido a sugerirles que se casaran a prueba, aun cuando él nunca lo hubiera hecho tratándose de Vera.

Había algo más que considerar desde el punto de vista práctico. Cutberto era cajero de una de las sucursales del banco más importante de la República y le habían prometido ascenderlo a gerente, por lo tanto, el porvenir era brillante para un hombre de su edad. Pero el banco exigía como requisito indispensable que todos sus gerentes fueran casados. Cutberto era ambicioso, y el doctor también deseaba ver a su futuro yerno en buena posición. Pero cuando aquél acudía a sus padres, todas sus esperanzas caían por tierra.

—Puedes casarte con cualquier otra —decía Regino—; te prometo no poner la menor objeción, pero desapruebo en absoluto tu unión con la muchacha Ochoa.

—Bien, pero dame una razón siquiera por la que no deseas que me case con ella. ¿No es bonita?

—Más que bonita, es una belleza.

—¿Sabes algo malo acerca de su conducta?

—Es un modelo de chica.

—¿Les ha hecho algún daño a ti o a mamá o a alguna persona en el mundo?

—No, que yo sepa, y si alguien se atreviera a decirlo, le rompería la boca.

—Bien. ¿Entonces cuál es el motivo?

—Simplemente no quiero que te cases con esa muchacha, eso es todo. Tienes que quitártela del pensamiento.

Y si Cutberto acudía a su madre, ésta le decía:

—No puedes casarte con Vera. Nada tengo que decir en su contra, es una criatura encantadora, pero no puedes casarte con ella, no te conviene, olvídala. Hay muchas otras; a cualquiera otra que elijas la recibiré con los brazos abiertos. Pero a Vera no, tu padre tiene razón.

Cuando las cosas llegaron a ese extremo, el señor Ochoa salió en su ayuda.

—Yo hablaré con tu padre —dijo—. Es un burro testarudo, y así se lo diré. Pienso que tal vez haya elegido alguna otra novia para ti, pero no lo creo, ¿verdad?

—Desde luego que no. De ser así, hace tiempo que me lo habría dicho.

—Bueno, iré a verlo.

El señor Ochoa visitó al señor Borrego y hablaron sobre el asunto.

—Dígame —empezó Ochoa—: ¿Es que mi hija no le parece lo suficientemente buena para su hijo? Me gustaría oír su opinión, hable.

Borrego se confundió y todo cuanto pudo decir fue:

—Yo nunca he dicho que la hija de usted no sea buena para mi muchacho, ni que sea inculta, ya que la graduaron con todos los honores y tiene mejor educación que la que hemos podido dar a nuestro hijo. Así que, por lo que a eso se refiere, no hay crítica que hacer.

—Bueno, entonces, ¿cuál es el motivo? —dijo el doctor, excitado y enrojeciendo—. Tal vez no tiene suficiente dinero, ¿eh? Dígalo, es lo único que espero.

—No puedo explicarle, Jenaro Ochoa, eso es todo. Y no daré mi consentimiento porque me desagrada esa unión.

Regino Borrego se puso de pie y le dio unas palmaditas en el hombro a Jenaro Ochoa.

Éste gritó furioso:

—No me toque si no quiere que lo haga pedazos. Y usted —dijo volviéndose a Manola, que acudía asustada por sus gritos—, y usted ¿qué tiene que decir? ¡Contésteme!

—Estoy de acuerdo con mi esposo —dijo con calma.

—Ahora oigan —dijo Ochoa amenazándolos con el puño—. Estoy harto de su necedad. Los muchachos se casarán y serán felices aun sin sus bendiciones porque las gentes como ustedes nada valen. La pareja recibirá dos veces, cien veces, mis bendiciones y serán felices a pesar de la oposición de ustedes y tal vez justamente por ella.

Dicho esto, el señor Ochoa salió dando un portazo que hizo temblar toda la casa.

Aquella noche, cuando Cutberto llegó a la casa, dijo:

—Bueno, el próximo sábado al mediodía nos casamos; hemos fijado esa fecha definitivamente, no la aplazaremos más. No esperaremos, no deseamos esperar más. Quedan cordialmente invitados por mí, por Vera y por don Jenaro. Nos complacería mucho que fueran; si no van será muy duro para mí, pero yo he hecho cuanto he podido. Buenas noches.

Dejó la estancia y se marchó a su cuarto. La pieza quedó extrañamente silenciosa.

Después de meditar un rato, Manola dijo:

—Lo que no comprendo es por qué tú también te opones. Nunca me diste la razón de ello. Nada puedes decir en contra de esa chica. ¿O tienes algo que reprocharle?

—Tal vez los reproches puedas hacerlos tú —dijo Regino nerviosamente.

—Nunca dije semejante cosa. Lo único que he dicho es que tengo el presentimiento de que ese casamiento no podrá realizarse nunca.

—Eso es exactamente lo que yo pienso.

Él guardó silencio, después se levantó de su asiento y empezó a pasearse por la estancia. Finalmente se paró enfrente de Manola y dijo:

—Tendré que decírselo al muchacho, tendré que decírselo, no me queda otro remedio. ¡Dios mío!

—¿Qué es lo que tienes que decirle? —preguntó ella ansiosamente.

—Que no puede casarse con su hermana.

Manola saltó y se puso de pie, pero inmediatamente después se dejó caer en su asiento otra vez, palideciendo intensamente.

—¿Cómo lo sabes? —preguntó casi sin aliento—. ¿Cómo pudiste saberlo? ¿Cómo lo averiguaste? ¿Fue Ochoa quien te lo dijo o quién? Pero ¡qué raro! Ochoa no lo sabe.

—¿Ochoa? No, él no ha dicho una palabra porque creo que no lo sabe. Eso ocurrió cuando fuiste a cuidar a tu madre enferma a Los Ángeles. Él no estaba en la ciudad entonces. Yo me sentía solo y tal vez la señora Ochoa también. Nos entregamos mutuamente, pero la cosa pasó pronto. De todos modos la muchacha Ochoa, es decir, Vera, es mi hija. Como ves, Cutberto no puede casarse con ella y nosotros tenemos que decírselo. El asunto me trae loco, desesperado.

Cuando Regino terminó su historia, no levantó la cabeza. Esperaba una violenta explosión de Manola, o cuando menos toda clase de exclamaciones. Cuando al cabo de un rato no se escuchó ni un grito, ni sonido de ninguna especie, tuvo la idea desagradable de que Manola había muerto repentinamente por la impresión que le causara aquella revelación inesperada. Entonces, envalentonándose muy poco a poco, se irguió para verla.

Con una extraña sonrisa paseándose por sus labios, ella lo miró y preguntó:

—¿Estás seguro, enteramente seguro, de que Vera es tu hija y no la hija del viejo?

—Absoluta y positivamente seguro; lo supimos antes de que Ochoa regresara. Perdóname y ayúdame a salir de esta pesadilla, por favor.

Manola rio nerviosamente y dijo:

—Si estás absolutamente seguro de que Vera es tu hija, entonces no hay peligro alguno si se casa con Cutberto. Porque si estás seguro de que es tu hija, entonces él no puede ser su hermano.

—¿Cómo es esto? —preguntó él inocentemente, poniendo cara de bobo.

—Cutberto no puede ser su hermano porque no es tu hijo.

—¿Qué? —dijo, perdiendo el aliento—. ¿De quién es hijo entonces, si no es mío?

—De Ochoa. Ocurrió en Los Ángeles, también durante el tiempo que me fui a cuidar a mi madre. Él estaba allí tomando un curso extra relacionado con su profesión. No recuerdo cuál era. Nos encontramos en un día de campo. Yo iba con mi madre y unas amigas. Nos sorprendió una tempestad terrible, y entonces sucedió. Recuerda cómo estábamos en ese tiempo, nos llevábamos tan mal, estábamos tan desunidos, yo siempre nerviosa a tu lado y sin saber a qué atribuirlo, y es que cuando nos casamos yo lo ignoraba todo, ¡era tan tonta! Me fui a ese viaje convencida de que nuestro matrimonio había sido un fracaso; pensé permanecer al lado de mi madre mientras te planteaba el divorcio.

Ahora era Regino el que se había quedado como petrificado, sin poder articular palabra. De todos modos le hubiera sido casi imposible, de querer hacerlo, pues no era fácil interrumpir a Manola, quien parecía impulsada por una fuerza interior a continuar confesando hasta echarlo todo fuera.

—Después, todo cambió. De pronto comprendí cuánto te quería y qué ciega había estado. Así, pues, volví a casa decidida a empezar de nuevo y a ser toda y exclusivamente tuya. Me convertí en una nueva mujer. Ochoa, sin darse cuenta, cambió el curso de mi vida, me hizo verla desde otro aspecto distinto. Él era mucho mayor que tú y tenía más experiencia en todas las cosas humanas. Desde luego que a partir de entonces nada tuve que ver con él. Nunca. Lo olvidé en el preciso momento en que llegué aquí. Siempre te quise a ti y sólo a ti, pero no lo sabía. Descubrí que tú no eras, que tú no podías ser el padre de Cutberto, y no podías serlo porque yo no había sabido ser una buena esposa para ti. Inverosímil, ¿verdad?, que se pueda querer tanto a una persona que ni siquiera se dé cuenta de que es a causa de ese cariño por lo que se siente una nerviosa e irritable. Y además, el viejo Ochoa nada sabe acerca de Cutberto. Nunca le dije una sola palabra de ello porque hubiera podido complicar las cosas. Bueno, esa es toda la verdad.

Él se le quedó mirando estupefacto largo rato, sin decir palabra.

Así estuvieron lo que a ella le pareció una eternidad. Sintió un extraño consuelo cuando de pronto el silencio fue interrumpido por los pasos de su hijo, que bajaba de su recámara, evidentemente en busca de algo.

Al verlo en la estancia, Regino por fin reaccionó. Levantando la cabeza le gritó toscamente:

—¿A qué vienes? ¿Qué es lo que haces a estas horas? ¿Es que no duermes nunca? Toda la noche te la pasas recorriendo la casa.

Repentinamente cambió de tono de voz y con una mirada significativa a su mujer agregó:

—Este muchacho siempre se presenta cuando menos se le espera... parece tener el don de ser un inoportuno...

—¿Pero yo qué he hecho, papá? Sólo vine por un libro, pues no puedo dormir. ¿Qué pasa? No comprendo. ¿Soy culpable de algo?

—¡Si tú supieras...! —contestó irónicamente Regino.

—¿De qué se trata, papá? ¿De qué hablas?

—Nada, nada. Ya no tiene importancia. Olvida lo que dije.

Boquiabierto y azorado, Cutberto dio media vuelta para salir de la pieza al mismo tiempo que decía:

—Buenas noches.

—Espera un momento. Quiero decirte algo muy importante —dijo Regino.

Manola, al oír esto, dirigió a su marido una mirada llena de ansiedad, temerosa de que éste fuera a revelar el secreto de familia.

Evitando su mirada, Regino continuó:

—Quiero decirte que desde luego y por supuesto que sí estamos de acuerdo en que te cases, el sábado o cualquier otro día.

Después de escuchar estas palabras, apareció en los labios de Manola una sonrisa de alivio.

Regino siguió diciendo:

—Y puedes estar seguro de que nosotros estaremos presentes en tu boda. ¡Quien diga lo contrario, miente! Nunca nos tomaste en serio, ¿verdad? Porque si lo hiciste, fuiste muy tonto. Los estábamos probando a ambos, tu madre y yo, para ver cuánto duraba su cariño. De hecho nos complace que te cases con Vera. Tendrás que hacer todo lo posible para que esa encantadora muchacha sea feliz. Es la mejor criatura del mundo. ¡Su padre sabe lo que dice!

Cutberto no oyó aquellas últimas palabras, pues salió de la casa como un huracán para llevarles la buena nueva a los Ochoa, tal y como se encontraba, en pijama. Al pasar junto a la puerta de salida, jaló un abrigo que se encontraba allí colgado en una percha y se lo colocó sobre los hombros, pero sin disminuir en nada su velocidad.

Cuando llegó a casa de su novia y todavía jadeante les comunicó la buena noticia, el señor Ochoa jactanciosamente y pavoneándose le dijo:

—Oye, muchacho, te haré una confidencia: tú eres un gran chico, pero tus padres son las gentes más chistosas y locas que jamás he conocido. No hace dos horas todavía que estaban decididos a suicidarse antes que dar su consentimiento para el matrimonio, y ahora les gustaría que se casaran aun a medianoche. ¿Sabes?, debí hablarles hace diez meses en la forma tan enérgica en que lo hice hoy. Eso habría sido lo más sensato. Ya ves, apenas me les puse "pesado" y cedieron inmediatamente.

LA TIGRESA

En cierto lugar del exuberante estado de Michoacán, México, vivía una joven a quien la naturaleza, aquí especialmente buena y pródiga, le había ofrendado todos esos dones que pueden contribuir grandemente a la confianza en sí misma y felicidad de una mujer.

Y en verdad que era éste un ser afortunado, pues poseía, además, una cuantiosa herencia que sus progenitores, al morir uno casi seguido del otro, le habían dejado. Su padre había sido un hombre de gran capacidad y dedicación al trabajo, por lo que mucho antes de morir ya había logrado, a base de su esfuerzo personal, un próspero negocio de talabartería, así como tierras y propiedades que pasaron a manos de Luisa Bravo, su hija.

Existía también la probabilidad de ser aún más rica, algún día, al morir sus acaudalados parientes, su abuela y una tía, con quien Luisa vivía desde la muerte de sus padres.

No era de sorprender, pues, que por su extraordinaria belleza y aún más por su considerable fortuna, fuera muy codiciada por los jóvenes de la localidad con aspiraciones matrimoniales.

Mientras tanto, Luisa disfrutaba de la vida como mejor le gustaba. Amaba los caballos y era una experta amazona siempre dispuesta a jugar carreras o a competir con cualquier persona que se atreviera a retarla. Raras veces perdía, pero cuando esto sucedía, el ganador que conociera bien su carácter y estimara en algo el bienestar propio, trataría de quitarse rápidamente de su alcance, pues aunada a las ventajas antedichas, tenía una arbitraria e indómita naturaleza.

A pesar de su mal genio, los pretendientes revoloteaban a su alrededor como las abejas sobre un plato lleno de miel. Pero ninguno, no importa qué tan necesitado se encontrara de dinero o qué tan ansioso estuviera de compartir su cama con ella, se arriesgaba a proponerle un compromiso formal antes de pensarlo detenidamente.

Sin embargo, donde hay tanto dinero a la par de tanta belleza, cualquiera está dispuesto a aceptar ciertos inconvenientes que toda ganga trae consigo.

Se daba el caso de que Luisa no sólo poseía todos los defectos inherentes a las mujeres, sino que acumulaba algunos más.

Como hija única, sus padres habían vivido en constante preocupación por ella y con un miedo aterrador a perderla, aunque la niña estaba tan sana y robusta como una princesa holandesa. Todo lo que hacía o decía armaba gran revuelo entre sus parientes y gente a su alrededor y, desde luego, la complacían en todos sus deseos y caprichos.

El significado de la palabra "obediencia" no existía para ella. Nunca obedeció, pero también hay que aclarar que nunca alguien se preocupó o insistió en que lo hiciera.

Sus padres la enviaron a una escuela en la capital y después a un colegio en los Estados Unidos. En estos planteles la niña se esforzaba más o menos por obedecer, obligada por las circunstancias, pero en el fondo no cambiaba su carácter de libre albedrío. Mientras se encontraba en el colegio, su vanidad exagerada y ambición desmedida por superar a todas las compañeras y ganar siempre los primeros lugares en todo, la sometían a cierta disciplina. Pero cuando llegaba de vacaciones a su casa, se desquitaba dando rienda suelta a su verdadera naturaleza.

Para dar una idea más precisa de su carácter, habría que agregar la ligereza con que se enfurecía y hacía explosión por el motivo más insignificante y baladí. Las muchachas indígenas de la servidumbre y los jóvenes aprendices en la talabartería de su padre solían correr y esconderse por horas enteras cuando Luisa tenía uno de sus ataques temperamentales. Hasta sus mismos padres se retiraban a sus habitaciones y aparecían cuando calculaban que ya se le había pasado el mal humor.

De no ser por el hecho de que sus padres pertenecían a una de las mejores y más influyentes familias de los contornos, la posibilidad de que fuera declarada mentalmente afectada y encerrada en un sanatorio no hubiera sido muy remota.

Sin embargo, estos arranques de furia sucedían generalmente dentro de la casa y no afectaban la seguridad pública. Cuando había realmente algún destrozo, personal o material, los padres siempre reparaban el daño con regalos y doble demostración de afecto y bondad hacia los perjudicados por su hija, en especial tratándose de la servidumbre.

Con todo, había en Luisa algunas cualidades que atenuaban un poco sus tremendas fallas. Entre otras, poseía la de ser generosa y liberal. Y una persona que no puede ver a un semejante morir de hambre y que está siempre dispuesta a regalar un peso o quizá un par de zapatos viejos o un vestido, que, aunque usado, todavía está presentable, o alguna ropa interior o hasta una caja de música cuya melodía ya ha fastidiado, para aliviar la urgente necesidad del prójimo o alegrarle en algo la existencia, siempre es perdonada.

Los estudios de bachillerato agregaron algo al carácter de Luisa, pero este añadido no fue precisamente para mejorarlo. Pasó todos los exámenes con honores. Esto, naturalmente, la hizo más suficiente e insoportable. Su orgullo y vanidad no cabían en ella. Nadie podía decirle algo sobre un libro, una filosofía o un sistema político, un punto de vista artístico o descubrimiento astronómico sin que ella manifestara saberlo todo antes y mejor.

Contradecía a todo el mundo y, por supuesto, sólo ella podía tener la razón. Si alguien lograba demostrarle, sin lugar a duda, que estaba equivocada, inmediatamente tenía uno de esos ataques de furia.

Jugaba ajedrez con maestría, pero no admitía una derrota. Si algún contrincante la superaba, suspendía el partido aventándole a éste no sólo las piezas del juego, sino hasta el tablero.

Con todo y esto tenía días en que no sólo era soportable, sino hasta agradable de tal modo, que la gente olvidaba de buena gana sus groserías.

Explicados estos antecedentes, es fácil comprender por qué, tarde o temprano, los aspirantes a su mano se retiraban o eran retirados por Luisa con sus insolencias y a veces hasta con golpes.

Más de un joven valiente y soñador, entusiasmado por la belleza de Luisa, y aún más por su dinero, creía poder llegar a ser, una vez casados, amo y señor de la joven esposa. Pero esta quimérica ilusión era acariciada sólo por aquéllos que habían tratado a Luisa una o dos veces a lo sumo. Al visitar la casa por tercera vez, volvían a la realidad y perdían toda esperanza, pues se convencían entonces definitivamente de que la doma de esta tigresa llevaba el riesgo de muerte para el domador.

Ella, desde luego, no ponía nada de su parte porque, a decir verdad, el casarse o no, la tenía sin cuidado. Sabía, naturalmente, que cuando menos por razones económicas, no necesitaba ningún hombre. En cuanto a otros motivos, bueno, ella no estaba realmente convencida de si una mujer puede pasársela o no sin la otra mitad de la especie humana. No en vano había estado en un colegio estadounidense, en donde, aparte de inglés, se aprenden muchas otras cosas prácticas y útiles.

Pero como cualquier otro mortal, Luisa también cumplía años. Tenía ya veinticuatro, una edad en la cual en México las mujeres ya no se sienten en condiciones de escoger, y generalmente toman lo que les llega sin esperar títulos, posición social, fortuna o al hombre guapo y viril de sus sueños.

Mas Luisa era distinta. Ella no tenía ninguna prisa y no le importaba saber si todavía la contaban entre las elegibles o no. Tenía la convicción de que era mejor, después de todo, no casarse, pues de este modo no tenía que obedecer ni agradar a nadie. Se daba cuenta, observando a sus amigas casadas y antiguas compañeras de colegio, que cuando menos para una mujer con dinero, la vida es más agradable y cómoda cuando no se ha perdido la libertad.

Sucedió que en ese mismo estado de Michoacán vivía un hombre que hacía honor a su bueno y honrado, aunque sencillo, nombre de Juvencio Cosío.

Juvencio tenía un buen rancho no muy lejos de la ciudad donde vivía Luisa. A caballo, estaba a una hora de distancia. Él no era precisamente rico, pero sí acomodado, pues sabía explotar con provecho su rancho y sacarle pingües utilidades.

Tenía unos treinta y cinco años de edad, era de constitución fuerte, estatura normal, ni bien ni mal parecido... Bueno, uno de esos hombres que no sobresalen por algo especial y que aparentemente no han destacado rompiendo marcas mundiales en los deportes.

Permanecerá en el misterio el hecho de si él había oído hablar antes de Luisa o no. Después, cuando frecuentemente se lo preguntaban sus amigos, él siempre contestaba:

—No.

Lo más probable es que nadie le previno acerca de ella.

Cierto día en que tuvo la necesidad de comprar una silla de montar, pues la suya estaba muy vieja y deteriorada, montó su caballo y fue al pueblo en busca de una. Así fue como llegó a la talabartería de Luisa, donde vio las sillas mejor hechas y más bonitas de la región.

Ella manejaba personalmente la talabartería que heredara, primero, porque habían sido los deseos de su padre lo que el negocio continuara funcionando, y segundo, porque le gustaba mucho todo lo concerniente a los caballos. Dirigía la tienda con la ayuda de un antiguo encargado que había trabajado con su padre durante más de treinta años y de dos empleados casados que también llevaban ya muchos años en la casa. Como el negocio estaba encarrilado, era fácil manejarlo. Aparte, le agradaba llevar ella misma los libros, mientras su tía y su abuelita se ocupaban de la casa.

El negocio florecía, y como la experta mano de obra continuaba siendo la misma, la clientela aumentaba constantemente y los ingresos del negocio eran aun superiores a lo que habían sido en vida de su padre.

Luisa se encontraba en la tienda cuando Juvencio llegó y se detuvo a ver las sillas que estaban en exhibición a la entrada, en los aparadores y colgadas en las paredes por fuera de la casa.

Ella, desde la puerta, lo observó por un rato, mientras él, con aire de conocedor, cuidadosamente examinaba las sillas en cuanto a su valor, acabado y durabilidad. De improviso, desvió la vista y se encontró con la de Luisa. Ella le sonrió abiertamente, aunque después nunca pudo explicarse a sí misma el porqué de su actitud, pues no acostumbraba sonreír a desconocidos.

Juvencio, agradablemente sorprendido por la franca sonrisa de Luisa, se acercó, y un poco ruborizado, dijo:

—Buenos días, señorita. Deseo comprar una silla de montar.

—Todas las que usted guste, señor —contestó Luisa—. Pase usted y vea también las que tengo acá adentro. Quizá le guste más alguna de estas otras. En realidad, las mejores las tengo guardadas para librarlas de la intemperie.

—Tiene razón —dijo Juvencio siguiéndola al interior de la tienda.

Revisó todas las sillas detalladamente, pero, cosa rara, parecía haber perdido la facultad de poder examinarlas cabalmente. Aunque dio golpecitos a los fustes, inspeccionó bien el cuero e hizo mucho ruido estirando las correas, sus pensamientos estaban muy lejos de lo que hacía.

Cuando repentinamente volteó otra vez a preguntarle algo a Luisa, comprendió que ésta lo examinaba tan cuidadosamente como él lo hacía con las sillas. Sorprendida en esta actitud, ella trató de disimular. Ahora era su turno de sonrojarse. Sin embargo, se repuso al instante, sonrió y contestó con aplomo su pregunta sobre el precio de una silla que él había sacado de un escaparate.

Juvencio quiso saber el importe de varios otros objetos, pero ahora ella no sólo tenía la impresión, sino la certeza de que él hacía toda clase de preguntas nada más por tener algo que decir.

Inquirió de dónde procedía la piel, qué tal le iba en el negocio y otros detalles semejantes. Ella también le dio conversación, preguntando de dónde era y qué hacía. Él le dijo su nombre, le describió su rancho, le informó cuántas cabezas de ganado criaba. Hablaron de caballos, de cuánto maíz habían producido sus tierras el año anterior y qué cantidad de puercos habían vendido al mercado. Comentaron precios y todas esas cosas conectadas con ranchos y haciendas.

Después de largo rato —ninguno de los dos tenía noción del tiempo transcurrido— y sin encontrar un pretexto más para alargar su estancia, se vio obligado a tratar el asunto por el cual había ido. Haciendo un gran esfuerzo, dijo:

—Creo que me voy a llevar ésta —y apuntó a la más cara y bonita—. Sin embargo —titubeó—, debo pensarlo un poco más y echar un vistazo por las otras talabarterías. De todos modos, si me la aparta hasta mañana, yo regreso y le decidiré definitivamente. ¿Le parece? Bueno, hasta mañana, señorita.

—Hasta mañana, señor —contestó Luisa, mientras él salía pausadamente y se dirigía hacia la fonda frente a la cual había dejado su caballo amarrado a un poste.

El hecho de que no comprara la silla ese mismo día no sorprendió a Luisa. Por intuición femenina sabía que él tenía hecha su decisión con respecto a la compra, y que solamente había pospuesto el asunto para tener motivo de regresar al día siguiente.

Huelga explicar que no buscó ninguna silla en otros lugares, sino que se encaminó lentamente hacia su rancho. Mientras cabalgaba, Juvencio llevaba dibujada en su mente la encantadora sonrisa de Luisa, y cuando por fin llegó a su casa, se sintió irremediablemente enamorado.

Al dar las nueve del día siguiente, Juvencio ya estaba de regreso en la tienda.

Al entrar se sintió defraudado: en vez de Luisa, encontró a la tía atendiendo el negocio. Pero él también tenía sus recursos.

—Perdón, señora, ayer vi unas sillas, pero la señorita que estaba aquí prometió enseñarme hoy otras que tiene no sé dónde, en algún otro sitio.

—Ah, sí, con seguridad era Luisa, mi sobrina. Pero, ¿sabe usted?, no sé a cuáles se refiere. Si se espera sólo diez minutos, ella vendrá.

Juvencio no tuvo que esperar ni siquiera los diez minutos. Luisa llegó antes.

Ambos se sonrieron como viejos amigos. Y cuando ella envió inmediatamente a su tía a hacer alguna diligencia fuera de la tienda, Juvencio comprendió que Luisa no estaba muy renuente a quedarse unos momentos a solas con él.

Otra vez empezaron por ver sillas y arreos, pero tal como el día anterior, la conversación pronto se desvió y platicaron largamente sobre distintos temas hasta que él se dio cuenta con pena que las horas habían volado y que no había más remedio que comprar la silla, despedirse e irse.

Cuando ella había recibido el dinero y, por lo tanto, el trato se consideraba completamente cerrado, Juvencio dijo:

—Señorita, hay algunas otras cosas que necesito, tales como mantas y guarniciones. Creo que tendré que regresar dentro de unos días a verla.

—Esta es su casa, caballero. No deje de venir cuando guste. Siempre será bienvenido.

—¿Lo dice de veras o sólo como una frase comercial?

—No —rio Luisa—, lo digo de veras, y para demostrárselo lo invito a almorzar a mi casa.

Cuando los dos entraron al comedor, ya la abuela y la tía habían terminado, aparentemente cansadas de esperar y además acostumbradas a que Luisa llegaba a comer cuando le daba la gana.

Por cortesía permanecieron las dos damas a la mesa hasta que se sirvió la sopa. Después se excusaron amablemente, se levantaron y salieron de la pieza.

El almuerzo de Luisa y Juvencio duró hora y media más.

En la mañana del tercer día, Juvencio regresó. Esta vez a comprar unos cinchos. Y desde ese día se aparecía por la tienda casi cada tercer día a comprar o a cambiar algo, a ordenar alguna pieza especial o a la medida.

Y ya era regla establecida que siempre se quedara después a almorzar en casa de Luisa.

Sucedía que a veces tenía algunos encargos que hacer por el pueblo que lo demoraban hasta ya entrada la noche, y entonces, naturalmente, lo invitaban también a cenar.

En una de esas ocasiones en que se retrasó en el pueblo hasta ya tarde y en que llegó a cenar a casa de Luisa, empezó a llover fuerte y persistentemente. Tanto, que a la hora de querer salir para emprender el regreso a su rancho, aquello se había convertido en un diluvio. No se podía distinguir un objeto a un metro de distancia y no había probabilidades de que amainara la tormenta.

—Ni pensar en ir a un hotel —dijeron las señoras de la casa. Bien podía quedarse a dormir allí, pues tenían cuartos de sobra con mucho mejores camas que las que podía encontrar en cualquier albergue.

Juvencio aceptó su hospedaje, agradecido, olvidándose acto seguido del mal tiempo ante la perspectiva de prolongar la velada en compañía de Luisa.

Dos semanas después correspondió a la hospitalidad invitando a las tres damas a visitar un domingo su rancho.

Tras de esta visita, Juvencio se presentó una tarde muy formalmente a pedir la mano de Luisa.

Ninguna de las dos señoras mayores se opuso a lo solicitado, pues Juvencio era un caballero con todas las cualidades para ser un buen marido. De familia sencilla pero honorable, acomodado, trabajador y sin vicios.

Naturalmente, Juvencio antes lo había consultado con Luisa, y como ella tenía ya lista su respuesta desde hacía tiempo, contestó simplemente:

—Sí. ¿Por qué no?

Sin embargo, aquella noche, la abuela le dijo a la tía de Luisa:

—Para mí que esos dos están todavía muy lejos del matrimonio y hasta que yo no los vea en la misma cama, no creeré que estén casados. Por lo pronto no prepares vestuario ni nada, tampoco hay que contarlo a las amistades.

Estas advertencias salían sobrando, pues la tía se sentía tan escéptica como la abuela de que el matrimonio se llevara a cabo.

A la semana de estar comprometidos, Juvencio platicaba una mañana con Luisa en la tienda. La conversación giró sobre sillas de montar, y Juvencio dijo:

—Pues mira, Licha, a pesar de que tienes una talabartería, la verdad es que no sabes mucho de esto.

Esta declaración de Juvencio había sido provocada por Luisa ante su insistencia en que cierto cuero era mejor y de más valor. Él no quería darle la razón porque iba en contra de sus principios mentir nada más por ceder. Como buen ranchero, sabía cuál piel tenía más durabilidad, resistencia y calidad.

Luisa se puso furiosa y gritó:

—¡Desde que nací he vivido entre sillas, correas y guarniciones, y ahora me vienes a decir tú en mi cara que yo no conozco de pieles!

—Sí, eso dije porque esa es mi opinión sincera —contestó Juvencio calmadamente.

—¡Mira! No te pienses ni por un segundo que me puedes ordenar, ni ahorita ni cuando estemos casados, que pensándolo bien, no creo que vayamos a estarlo. A mí nadie me va a mandar, y más vale que lo sepas de una vez para que te largues de aquí y no te aparezcas más, si no quieres que te aviente algo y te mande al hospital a recapacitar tus necedades.

—Está bien, está bien. Como tú quieras —dijo él.

Al salir Juvencio, ella aventó violentamente la puerta tras él. Después corrió a su casa.

—Bueno, de ese salvaje ya me libré —dijo a su tía—. ¡Imagínate, pensaba que me podía hablar así como así, a mí! Al cabo yo no necesito de ningún hombre. De todos modos él sería el último con quien yo me casara.

Ni la abuela ni la tía comentaron más el asunto, pues no era novedad para ellas. Ni siquiera suspiraron. En realidad a

ellas tampoco les importaba si Luisa se casaba o no. Sabían
perfectamente que de todos modos haría lo que se le antojara.

Pero, por lo visto, Juvencio pensaba distinto.

No se retiró como habían hecho todos los anteriores pretendientes después de un encuentro de estos. No, a los cuatro
días reapareció por la tienda, y Luisa se sorprendió al verlo
cara a cara en el mostrador. Parecía haber olvidado que ella
lo había corrido y que entraba a la tienda más bien como por
costumbre.

Luisa no estuvo muy amigable. Pero también, como por
costumbre, lo invitó a almorzar.

Por unos cuantos días, todo marchó bien.

Pero una tarde ella sostenía que una vaca puede dar leche
antes de haber tenido becerro. Afirmaba haber aprendido esto
en el colegio de los Estados Unidos. Por lo que él contestó:

—Escucha, Licha, si aprendiste eso en una escuela gringa,
entonces los maestros de esa escuela no son más que unos
asnos estúpidos, y si todo lo que aprendiste allá es por el estilo, entonces tu educación deja mucho que desear.

—¿Quieres decir que tú sabes más que esos profesores?
¿Tú, tú, campesino?

—A lo mejor —replicó él riendo—. Justamente porque soy
un campesino, sé que una vaca, hasta no haber tenido crío no
puede dar leche —después añadió burlonamente—: Aunque
la ordeñes por detrás o por delante. De donde no hay leche,
no puedes sacarla.

—¡Así que quieres decirme que yo soy una burra, una idiota que jamás pasó un examen! Pues déjame decirte una cosa:
las gallinas no necesitan de gallo para poner huevos.

—¡Correcto! —dijo Juvencio—. Absolutamente cierto. Y,
¿sabes?, hasta hay gallos que ponen ellos los huevos cuando

las gallinas no tienen tiempo para hacerlo. Y hay mulas que pueden parir y también es cierto que hay muchos niños que nacen sin tener padre.

Luisa repuso:

—¡Conque gozas contradiciéndome! ¡Después de todo, yo me educaba mientras tú alimentabas marranos!

—Si nosotros, y me refiero a todos los campesinos como yo, no alimentáramos puercos, todos tus sabihondos profesores se morirían de hambre.

Al oír esto último, Luisa montó en cólera. Nunca pensó él que un ser humano podía encolerizarse tanto. Ella gritaba a todo pulmón:

—Admites, ¿sí o no, que yo tengo la razón?

—Tú tienes la razón. Pero una vaca que no ha tenido crío no tiene leche. Y si existe una vaca de esas que tú dices, es un milagro, y los milagros son la excepción. En agricultura no podemos depender ni de milagros ni de excepciones.

—¿Así es que te sigues burlando de mí, insultándome?

—No te estoy insultando, Licha, te estoy exponiendo hechos que por la práctica sé mejor que tú.

La calma con la que él había pronunciado estas palabras enfureció más a Luisa.

Se acercó a la mesa sobre la cual había un grueso jarrón de barro. Lo tomó en sus manos y lo lanzó a la cabeza de su antagonista.

La piel se le abrió y la sangre empezó a correr por la cara de Juvencio en gruesos hilos.

En las películas hollywoodenses, la joven heroína, preocupadísima y sinceramente arrepentida de su arrebato, lavaría la herida con un pañuelo de seda, al mismo tiempo que acariciaría la pobre y adolorida cabeza cubriéndola de besos, e inmediatamente después ambos marcharían al altar para vivir eternamente felices y contentos hasta que la muerte los separara...

Luisa se limitó a reír sarcásticamente, y viendo a su novio cubierto de sangre, gritó:

—¡Bueno, espero que esta vez sí quedes escarmentado! Y si aún quieres casarte conmigo, aprende de una vez por todas que yo siempre tengo la razón, te parezca o no.

Él fue a ver al médico.

Cuando se vio por el pueblo a Juvencio con la cabeza vendada, todos adivinaron que él y Luisa habían estado muy cerca del matrimonio y que la herida que mostraba era el epílogo natural e inevitable tratándose de Luisa.

Pero a pesar de todas las conjeturas y murmuraciones, dos meses después Luisa y Juvencio se casaban.

Las opiniones de los amigos a este respecto eran muy variadas. Unos decían que Juvencio era un hombre muy valiente al poner su cabeza en las garras de una tigresa. Otros aseguraban que el deseo carnal lo había cegado momentáneamente, pero que ya despertaría en poco tiempo. Otros comentaban que no, que todo era al contrario, que seguramente las cosas ya habían ido tan lejos que él se había visto obligado a casarse. Y aun otros sostenían que en el fondo de todo estaba la avaricia y el interés que le hacían aguantarse y olvidar todo lo demás, aunque, agregaban seguidamente, esto les sorprendía sobremanera, porque Juvencio no tenía necesidad de dinero. Hasta había quien aseveraba que Juvencio era un poco anormal y que, a pesar de su aspecto viril, gozaba estando bajo el yugo y dominio brutal de una mujer como Luisa. De todos modos ninguno lo envidiaba, ni siquiera aquéllos que habían pretendido su fortuna. Todos afirmaban sentirse muy contentos de no estar en su lugar.

Durante los agasajos motivados por el casamiento, Juvencio puso una cara inescrutable. Mas cuando le preguntaban cómo iban a arreglar tal o cual asunto de la casa o de su vida futura, siempre contestaba que todo se haría según los deseos de Luisa. A veces, ya avanzada la noche, y con ella también las copas, muchos caballeros y hasta algunas damas bromeaban acerca de la novia decidida y autoritaria y del débil y complaciente marido.

Un grupo de señoras, ya entradas en años, opinaba que una nueva era se implantaba en México y que las mujeres por fin habían alcanzado sus justos y merecidos derechos.

Mas todas estas bromas tendientes a ridiculizarlo, dejaban a Juvencio tan indiferente como si estuviera en la luna.

En pleno banquete de bodas, uno de sus amigos, que había libado más de lo debido, se levantó gritando:

—Vencho, creo que te mandamos una ambulancia mañana temprano ¡para que recoja tus huesos!

Fuertes carcajadas se escucharon alrededor de la mesa.

Este era un chiste no sólo de muy mal gusto, sino en extremo peligroso. En México, bromas de esta índole, ya sea en velorios, bautizos o casamientos, seguido provocan que salgan a relucir las pistolas y hasta llega a haber balazos. Y esto sucede aun en las altas esferas sociales. Cientos de bodas han terminado con tres o cuatro muertos, incluyendo a veces al novio. Hasta se ha dado el caso de que un tiro extraviado alcance también a la novia.

Pero aquí todo terminó en paz.

La fiesta había sido en casa de la desposada y había durado hasta bien entrado el día siguiente. Cuando al fin se fueron los últimos invitados, con el estómago lleno y la cabeza aturdida por la bebida, ansiando llegar a descansar, la novia se retiró a su recámara, mientras que el novio fue al cuarto que ya ocupara antes de carsarse, cuando por algún motivo permaneciera en el pueblo.

La verdad es que nadie reparó en lo que hacían los novios, si estaban juntos o en cuartos por separado, ni tenían el menor interés en saber dónde pasarían las siguientes horas.

Más tarde, cuando los recién casados desayunaban en compañía de su tía y su abuela, la conversación era lenta y desanimada. Las dos señoras tristeaban sentimentales, pues Luisa abandonaría en unos momentos más la casa definitivamente. El matrimonio sólo cambiaba una que otra frase indiferente acerca de la inmediata ida al rancho y lo más urgente por instalar en la nueva casa.

Con la ayuda de los sirvientes del rancho y de la vieja ama de llaves, Luisa procedió a arreglar sus habitaciones.

Llegada la noche, Luisa se acostó en la nueva, blanda y ancha cama matrimonial. Pero quien no fue a acostarse a su lado fue su recién adquirido esposo.

Nadie sabe lo que Luisa pensó esa noche. Pero es de suponerse que la consideró vacía e incompleta, pues después de todo era una hembra, ahora ya de veinticinco años, y el hecho de pasar esta noche como las anteriores en su casa no dejaba de confundirla e intrigarla. Sabía perfectamente que existe una diferencia entre estar y no estar casada.

Pero no tuvo oportunidad de investigar personalmente esta diferencia, porque también la siguiente noche permaneció por completo sola.

Se alarmó seriamente.

"¡Dios mío! —exclamó mentalmente—. Santo Padre que estás en los cielos. ¿No será que está impedido? ¿O será tan inocente que no sabe qué hacer? ¡Imposible! En ese caso, sería un fenómeno. El primero y único mexicano que no sabe qué hacer en estos casos. No, eso queda descartado, desde luego, especialmente en un ranchero como él que a diario ve esas cosas en vacas y toros. En fin... ¡Virgen mía! ¿Qué tendré yo que insinuarle? ¡Demonios! Ni modo que mande por mi abuela para que le cuente cómo la abeja vuela de flor en flor y ejecuta el milagro... ¡Qué raro! ¿Tendrá algún plan premeditado...? ¡Si sólo se acercara a mi recámara...! Cuando pienso en lo apuesto que es, tan varonil y fuertote... Realmente el más hombre de toda la manada de imbéciles que conozco. No se me antoja ningún otro, lo quiero a él tal y como es".

Daba vueltas en la cama matrimonial, tan suave y acogedora.

No podía conciliar el sueño.

Sucedió tres días después, por la tarde.

Juvencio, que desde muy temprano en la mañana acostumbraba salir a caballo a revisar las siembras, había regresado a almorzar. Una vez que hubo terminado, se sentó en una silla mecedora en el gran corredor de la parte posterior de la casa. A un lado, sobre una mesita, se encontraba el periódico que antes había estado leyendo con poco interés.

En el mismo corredor, a unos cuatro metros, Luisa hojeaba distraídamente una revista, arrellanada en una hamaca con un mullido cojín bajo su cabeza.

Desde que estaban en el rancho, casi no se dirigían la palabra. Parecía como si cada uno estuviera reconociendo el terreno para saber cómo guiar mejor la conversación a modo de
evitar fricciones. Lo que es en esta casa de recién casados no
se oían los empalagosos cuchicheos propios de casi todas las
parejas durante su luna de miel.

¿Sería que Juvencio, para no provocar los arranques de furia de Luisa, prefería eludir toda conversación, cuando menos
durante las primeras semanas? Mas con honda intuición femenina, ella presentía que algo extraño flotaba en el ambiente.

El hecho de que durante varias noches él la esquivara como
si fuera solamente una huésped de paso, la tenía desconcer-
tada. En su mente repasaba lo acontecido desde su llegada al
rancho.

El día anterior, durante el desayuno, él había preguntado:

—¿Dónde está el café?

—Pídeselo a Anita, yo no soy la criada —había contestado
Luisa secamente.

Él se había levantado de la mesa y traído personalmente
el café de la cocina. Terminado el desayuno ella había rega-
ñado fuertemente a Anita por no darle a tiempo el café al señor, pero ella se excusó explicando que estaba acostumbrada
a servírselo después de que terminaba de comer los huevos,
pues de otro modo se le enfriaba, y como le gustaba el café
hirviendo..., que si de pronto el señor cambiaba de opinión,
ella no podía adivinarlo.

—Está bien. Olvídate del asunto, Anita —había dicho Luisa, cerrando así el incidente.

La tarde era calurosa y húmeda. Aunque el corredor tenía un amplio techo salido que lo colocaba por todos lados
bajo sombra, estaba saturado, como todo el ambiente, de un

bochorno pesado y sofocante. En el inmenso patio no parecía moverse ni la más insignificante hierba. El calor era soportable sólo permaneciendo sentado y casi inmóvil o recostado meciéndose muy ligeramente en una hamaca. Y desde luego no haciendo más uso del cerebro que el mínimo para distinguirse de los animales.

Ni éstos se movían en el patio. Apenas si ahuyentaban somnolientamente las moscas, cuando las infames insistían en picarlos sin piedad.

No muy lejos, en el mismo corredor, en un aro colgado de una de las vigas del techo, descansaba un loro perezoso. De vez en cuando soltaba alguna ininteligible palabra, tal vez soñando en voz alta.

Sobre el peldaño más alto de la corta escalera del patio al corredor, un gato dormía profundamente. Bien alimentado, yacía sobre su espinazo con la cabeza colgando hacia el siguiente escalón. Allí estaba plácidamente tendido con esa indiferencia que poseen ciertos bichos que no tienen que preocuparse por la seguridad de sus vidas o por la regularidad de sus comidas.

Bajo la sombra de un frondoso árbol en el patio, podía verse amarrado a Prieto, el caballo favorito de Juvencio, y a unos cuantos pasos, sobre un banco viejo de madera, la silla de montar, pues Juvencio tenía la intención de ir por la tarde a dar una vuelta por el trapiche que tenía instalado en el mismo rancho.

El caballo también dormía. Obligado por el peso de la cabeza colgada, su cuello lentamente se estiraba y alargaba, centímetro por centímetro, hasta que la nariz del animal tocaba el suelo, donde aún le restaba algo de rastrojo por comer. Al contacto con éste se despertaba, se enderezaba y miraba a su alrededor, mas percatándose de que nada importante había ocurrido en el mundo mientras él dormía, volvía a cerrar los ojos y a colgar de nuevo la cabeza.

Juvencio, pensativo, pues hasta un mediano observador podía notar que un grave problema lo perturbaba, recorrió con la mirada el cuadro que aparecía ante sus ojos. Observó primero al loro, después al gato y por último al caballo.

Esto trajo a su mente un cuento entre los muchos que su apreciadísimo y querido profesor de gramática avanzada, don Raimundo Sánchez, le había contado un día en clase, explicando el cambio que habían sufrido ciertos verbos con los siglos. El cuento había sido escrito en 1320 y tenía algo que ver con una mujer indomable que insistía siempre en mandar sólo ella.

"El cuento es mucho muy antiguo —pensó Juvencio— pero puede dar resultado igual hoy que hace seiscientos años. ¿De qué sirve un buen ejemplo en un libro si no puede uno servirse de él para su propio bien?"

Cambió su silla mecedora de posición y la colocó de tal modo que podía dominar con la vista todo el patio. Levantó los brazos, se estiró ligeramente, bostezó y tomó el periódico de la mesa. Después lo volvió a dejar.

De pronto clava su vista en el perico, que amodorrado se mece en su columpio a sólo unos tres metros de distancia, y le grita con voz de mando:

—¡Oye, loro! ¡Ve a la cocina y dame un jarro de café! ¡Tengo sed!

El loro, despertando al oír aquellas palabras, se rasca el pescuezo con su patita, camina de un lado a otro dentro de su aro y trata de reanudar su interrumpida siesta.

—¿Conque no me obedeces? ¡Pues ya verás!

Diciendo esto desenfundó su pistola que acostumbraba traer al cinturón. Apuntó al perico y disparó.

Se oyó un ligero aleteo, volaron algunas plumas y el animalito se tambaleó tratando todavía de asirse al aro, pero sus garras se abrieron y el pobre cayó sobre el piso con las alas extendidas.

Juvencio colocó la pistola sobre la mesa después de hacerla girar un rato en un dedo mientras reflexionaba. Acto seguido miró al gato, que estaba tan profundamente dormido que ni siquiera se le oía ronronear.

—¡Gato! —gritó Juvencio—. ¡Corre a la cocina y tráeme café! ¡Muévete! Tengo sed.

Desde que su marido se había dirigido al perico pidiéndole café, Luisa había volteado a verlo, pero había interpretado la cosa como una broma y no había puesto mayor atención al asunto. Pero al oír el disparo, alarmada, se había dado media vuelta en la hamaca y levantado la cabeza. Después había visto caer al perico y se dio cuenta de que Juvencio lo había matado.

—¡Ay, no! —había murmurado en voz baja—. ¡Qué barbaridad!

Ahora que Juvencio llamaba al gato, Luisa dijo desde su hamaca:

—¿Por qué no llamas a Anita para que te traiga el café?

—Cuando yo quiera que Anita me traiga el café, yo llamo a Anita, pero cuando quiera que el gato me traiga el café, llamo al gato. ¡Ordeno lo que se me pegue la gana en esta casa!

—Está bien, haz lo que gustes.

Luisa, extrañada, se acomodó de nuevo en su hamaca.

—Oye, gato, ¿no has oído lo que te dije? —rugió Juvencio.

El animal continuó durmiendo con esa absoluta confianza que tienen los gatos que saben perfectamente que mientras haya seres humanos a su alrededor, ellos tendrán segura su comida sin preocuparse por buscarla —ni por granjeársela siquiera—, aunque algunas veces parezcan condescendientes persiguiendo algún ratón. Esto lo hacen no por complacernos, sino única y exclusivamente porque hasta los gatos se fastidian de la diaria rutina y a veces sienten necesidad de divertirse corriendo tras un ratón, y así variar en algo la monotonía de su programa cotidiano.

Pero por lo visto Juvencio tenía otras ideas con respecto a las obligaciones de cualquier gato que viviera en su rancho. Cuando el animal ni siquiera se movió para obedecer su orden, cogió la pistola, apuntó y disparó.

El gato trató de brincar, pero, imposibilitado por el balazo, rodó una vuelta y quedó inmóvil.

—¡Belario! —gritó Juvencio enseguida, hacia el patio.

—Sí, patrón, vuelo —vino la respuesta del mozo desde uno de los rincones del patio—. Aquí estoy, a sus órdenes, patrón.

Cuando el muchacho se había acercado hasta el primer escalón, sombrero de paja en mano, Juvencio le ordenó:

—Desata al Prieto y tráelo aquí.

—¿Lo ensillo, patrón?

—No, Belario. Yo te diré cuando quiera que lo ensilles.

—Sí, patrón.

El mozo llevó el caballo y se retiró enseguida. La bestia permaneció quieta frente al corredor.

Juvencio observó al animal un buen rato, mirándolo como lo hace un hombre que tiene que depender de este noble compañero para su trabajo y diversión, y a quien se siente tan ligado como a un íntimo y querido amigo.

El caballo talló el suelo con su pezuña varias veces, esperó un rato serenamente y percibiendo que sus servicios no eran solicitados en ese momento, intentó regresar en busca de sombra bajo el árbol acostumbrado.

Pero Juvencio lo llamó:

—Escucha, Prieto, corre a la cocina y tráeme un jarro de café.

Al oír su nombre, el animal se detuvo alerta frente a su amo, pues conocía bien su voz, pero como éste por segunda vez no hiciera el menor ademán de levantarse, comprendió que no lo llamaba para montarlo, ni para acariciarlo, como solía hacerlo a menudo. Sin embargo, se quedó allí de manera sosegada.

—¿Qué te pasa? ¡Me parece que te has vuelto completamente loco! —dijo Luisa, abandonando la hamaca, sobresaltada. En su tono de voz se notaba una mezcla de sorpresa y temor.

—¿Loco yo? —contestó firmemente Juvencio—. ¿Por qué he de estarlo? Este es mi rancho y este es mi caballo. Yo ordeno en mi rancho lo que se me antoje igual como tú lo haces con los criados.

Luego volvió a gritar furioso:

—¡Prieto! ¿Dónde está el café que te pedí?

Tomó nuevamente el arma en su mano, colocó el codo sobre la mesa y apuntó directamente a la cabeza del animal. En el preciso instante en que disparaba, un fuerte golpe sobre la misma mesa en que se apoyaba le hizo desviar su puntería. El tiro, extraviado, no tuvo ocasión de causar daño alguno.

—Aquí está el café —dijo Luisa, solícita y temblorosa—. ¿Te lo sirvo?

Juvencio, con un aire de satisfacción en su cara, guardó la pistola en su funda y comenzó a tomar su café.

Una vez que hubo terminado, colocó la taza sobre la bandeja y, levantándose, gritó a Belario:

—¡Ensilla el caballo! Voy a darle una vuelta al trapiche, a ver cómo van allá los muchachos.

Al aparecer Belario a los pocos instantes, jalando el caballo ya ensillado, Juvencio, antes de montarlo, lo acarició afectuosamente, dándole unas palmaditas en el cuello.

Luisa no regresó a su hamaca. Clavada al piso, parecía haber olvidado para qué sirven las sillas, y permanecía espantada, con la vista fija en todos los movimientos de Juvencio, quien cabalgaba hacia el portón de salida.

De pronto éste rayó el caballo y, dirigiéndose a ella, le gritó autoritariamente:

—Regreso a las seis y media. ¡Ten la cena lista a las siete! ¡En punto! —y repitiendo con voz estentórea, agregó—: ¡He dicho en punto!

Espoleó su caballo y salió a galope.

Luisa no tuvo tiempo de contestar. Apretó los labios y tras un rato, confusa, se sentó en la silla que había ocupado antes Juvencio. Allí se quedó largo tiempo dibujando con la punta de su zapato figuras imaginarias sobre el piso del corredor mientras por su mente desfilaban quién sabe cuántas reflexiones. De pronto, como volviendo en sí, iluminó su cara con una sonrisa y se levantó de su asiento.

Fue directamente hacia la cocina.

Durante la cena se cruzaron muy pocas palabras. Cuando Juvencio hubo terminado su café y su ron, dobló la servilleta lenta y meticulosamente. Antes de abandonar el comedor, dijo:

—Estuvo muy buena la cena. Gracias.

—Qué bueno que te agradó —con estas palabras, Luisa se levantó y se retiró a sus habitaciones.

Faltaban dos horas para la medianoche, cuando tocaron a la puerta de su recámara.

—¡Pasa! —balbuceó Luisa con expectación.

Juvencio entró. Se sentó a la orilla de la cama y, acariciándole la cabeza, dijo:

—Qué bonito cabello tienes.

—¿De veras?

—Sí, y tú lo sabes.

Pronunciadas estas palabras, cambió por completo su tono de voz.

—¡Licha! —dijo con voz severa—. ¿Quién da las órdenes en esta casa?

—Tú, Vencho. Tú, naturalmente —contestó Luisa, hundiéndose en los suaves almohadones.

—¿Queda perfectamente aclarado?

—Absolutamente.

—Lo digo mucho muy en serio. ¿Entiendes?

—Sí, lo comprendí esta tarde. Por eso te llevé el café. Sabía que después de matar al Prieto seguirías conmigo...

—Entonces que nunca se te olvide.

—Pierde cuidado. ¿Qué puede hacer una débil mujer como yo?

Él la besó. Ella lo abrazó, atrayéndolo cariñosamente a su lado.

AMISTAD

Monsieur René, un francés propietario de un restaurante en la calle de Bolívar de la Ciudad de México, se percató una tarde de la presencia de un perro negro de tamaño mediano sentado cerca de la puerta abierta, sobre la banqueta. Miraba al restaurantero con sus agradables ojos cafés, de expresión suave, en los que brillaba el deseo de conquistar su amistad. Su cara tenía la apariencia cómica y graciosa que suele tener el rostro de ciertos viejos vagabundos, que encuentran respuesta oportuna y cargada de buen humor aun para quienes avientan una cubeta de agua sucia sobre sus únicos trapos.

El perro, al darse cuenta de que el francés lo miraba con atención, movió la cola, inclinó la cabeza y abrió el hocico en una forma tan chistosa que al restaurantero le pareció que le sonreía cordialmente.

No pudo evitarlo, le devolvió la sonrisa y por un instante tuvo la sensación de que un rayito de sol le penetraba el corazón, calentándoselo.

Moviendo la cola con mayor rapidez, el perro se levantó ligeramente, volvió a sentarse y en aquella posición avanzó algunas pulgadas hacia la puerta, pero sin llegar a entrar al restaurante.

Considerando aquella actitud en extremo cortés para un perro callejero hambriento, el francés, amante de los animales, no pudo contenerse. De un plato recién retirado de una mesa por una de las meseras que lo llevaba a la cocina, tomó un bistec que el cliente, inapetente de seguro, había tocado apenas.

Sosteniéndolo entre sus dedos y levantándolo, fijó la vista en el perro y con un movimiento de cabeza lo invitó a entrar a tomarlo. El perro, moviendo no sólo la cola, sino toda su parte trasera, abrió y cerró el hocico rápidamente, lamiéndose los bordes con su rosada lengua, tal como si ya tuviera el pedazo de carne entre las quijadas.

Sin embargo, no entró, a pesar de comprender, sin lugar a duda, que el bistec estaba destinado a desaparecer en su estómago.

Olvidando su negocio y a sus clientes, el francés salió de atrás de la barra y se aproximó a la puerta llevando el bistec, que agitó varias veces ante la nariz del perro, entregándoselo finalmente.

El perro lo tomó con más suavidad que prisa, lanzó una mirada de agradecimiento a su favorecedor, como ningún hombre y sólo los animales saben hacerlo. Después se tendió sobre la banqueta y empezó a comer el bistec con la tranquilidad del que goza de una conciencia limpia.

Cuando había terminado, se levantó, se aproximó a la puerta, se sentó cerca de la entrada esperando a que el francés advirtiera nuevamente su presencia. En cuanto el hombre se volvió a mirarlo, el perro se levantó, movió la cola, sonrió con aquella expresión graciosa que daba a su cara y movió la cabeza de modo que sus orejas bamboleaban.

El restaurantero pensó que el animal se aproximaba en demanda de otro bocado. Pero cuando al rato se acercó a la puerta llevándole una pierna de pollo casi entera, se encontró con que el perro había desaparecido. Entonces comprendió que el can había vuelto a presentársele con el único objeto de darle las gracias, pues de no haber sido así, habría esperado hasta conseguir un cacho más.

Olvidando casi enseguida el incidente, el francés consideró al perro como a uno más de la legión de callejeros que suelen visitar los restaurantes de vez en cuando, buscando bajo las mesas o parándose junto a los clientes para implorar un bocado y ser echados fuera por las meseras.

Al día siguiente, sin embargo, aproximadamente a la misma hora, es decir, a las tres y media en punto, el perro volvió a sentarse a la puerta abierta del restaurante.

Monsieur René, al verlo allí sentado, le sonrió como a un viejo conocido, y el perro le devolvió la sonrisa con aquella expresión cómica de su cara que tanto gustaba al dueño de este lugar. Cuando el animal se percató de la acogida amistosa del hombre, se incorporó a medias como el día anterior, movió la cola e hizo su sonrisa tan amplia como le fue posible, mientras su sonrosada lengua le recorría la quijada inferior.

El francés hizo un movimiento de cabeza para indicarle que podía aproximarse y tomar gratis, junto al mostrador, su comida. El perro solamente dio un paso hacia adelante, sin llegar a entrar. Era claro que se abstenía de penetrar no por temor, sino por esa innata sabiduría de ciertos animales que comprenden que las piezas habitadas por los humanos no son sitio propio para perros que acostumbran vivir al aire libre.

El francés juntó sus dedos y los hizo tronar al mismo tiempo que miraba al perro para hacerle entender que debía esperar algunos minutos hasta que de alguna mesa recogieran un plato con carne, y para gran sorpresa del restaurantero, el perro interpretó perfectamente aquel lenguaje digital.

El can se retiró un poco de la puerta a fin de no estorbar a los clientes que trataran de entrar o salir. Se tendió y, con la cabeza entre las patas delanteras y los ojos medio cerrados, vigiló al francés que atendía a los clientes sentados a la barra.

Cuando más o menos cinco minutos después una de las meseras recogió en una charola los platos de algunas mesas, el propietario le hizo una seña y de uno de ellos tomó las respetables sobras de un gran chamorro, se aproximó al perro, agitó durante unos segundos el hueso ante sus narices y por fin se lo dio. El perro lo tomó de entre los dedos del hombre con la misma suavidad que se lo hubiera quitado a un niño. E igual que el día anterior, se retiró un poquito, se tendió en la banqueta y disfrutó de su comida.

Monsieur René, recordando el gesto peculiar del perro el día anterior, tuvo curiosidad por saber qué haría en esa ocasión una vez que terminara de comer y si su actitud del día de ayer había obedecido a un simple impulso o a su buena educación.

Cuando estaba a punto de apostar con un cliente a que el perro se pararía para darle las gracias, observó la sombra del animal cerca de la entrada. Lo atisbó con el rabillo del ojo, evitando intencionalmente verlo de lleno. Después se ocupó de las repisas y de la caja registradora, pero sin dejar de espiar al perro y procurando que aquél no se diera cuenta, con el objeto de ver cuánto tiempo esperaría hasta expresar su "Gracias y hasta mañana".

Dos, tal vez tres minutos transcurrieron para que el francés se decidiera a mirar frente a frente al animal. Inmediatamente éste se levantó, movió la cola, sonrió ampliamente con su manera chistosa y desapareció.

A partir de entonces el restaurantero tuvo siempre preparado un jugoso trozo de carne para el perro, tomado de las sobras de órdenes especiales. El animal llegaba todos los días con la puntualidad con que empiezan las corridas de toros en México. A las tres y media en punto, monsieur René lanzaba una mirada a la puerta y ya encontraba al perro meneando la cola y sonriendo.

Así transcurrieron cinco o seis semanas sin que ningún cambio ocurriera en las visitas del perro. El francés había llegado a mirar a aquel animal negro, callejero, como su cliente más fiel, considerándolo, además, como su mascota.

Tan puntualmente acudía el perro, que habría podido ponerse la hora exacta en un reloj de acuerdo con su llegada.

Y no obstante que estaba seguro de la amistad de monsieur René, ni por un momento abandonó su cortesía.

Nunca había entrado al restaurante, a pesar de la insistencia con que el francés lo invitaba. A éste le habría agradado que el animal se quedara definitivamente, utilizándolo para que echara a los perros menos correctos y para cuidar el lugar durante la noche.

A últimas fechas, después de dar de comer al perro, solía hacerle algunos cariños. El animal, con el bistec en el hocico, esperaba hasta que el hombre acabara de acariciarlo. Después, y nunca antes, se dirigía a su sitio acostumbrado en la banqueta, se tendía y disfrutaba de su carne. Y, como siempre, al terminar volvía a aproximarse a la puerta, movía la cola, sonreía y expresaba a su manera: "¡Gracias, señor, hasta mañana a la misma hora!". Entonces y no antes se daba la vuelta y desaparecía.

Un día, monsieur René fue insultado terriblemente por uno de los clientes, a quien se le había servido un bolillo tan duro, que al morderlo creyéndolo suave, se rompió un diente artificial.

El francés, a su vez, se enfureció con la mesera y la despidió inmediatamente. Ella se fue a un rincón a llorar amargamente. La culpa no había sido enteramente suya. Desde luego que debiera haber notado que el pan estaba duro como una piedra. Pero también el cliente lo debió haber observado antes de darle tal mordisco. Además, nadie habría considerado higiénico y correcto que la mesera, antes de servir un bolillo, lo apretara con las manos para ver si estaba fresco o no. Pero de cualquier modo ella había servido el dichoso bolillo y, por lo tanto, podía culpársele de lo ocurrido. Aunque el verdadero culpable era el panadero que, intencionalmente o por descuido, había dejado aquel bolillo viejo entre los buenos.

Frenético, el francés llamó por teléfono al panadero para decirle que era un canalla desgraciado, que cómo podía hacerle eso a él, que le pagaba tan puntualmente; que era una rata infeliz, a lo que el panadero contestó con uno de esos recordatorios de familia y algunos otros vocablos que, al ser oídos, harían palidecer a un diablo en el infierno.

Aquel animado cambio de opiniones terminó cuando el restaurantero colgó el aparato con tanta energía, que de no haber sido por la previsión de los ingenieros constructores de teléfonos, que calcularan correctamente la fuerza desplegada por usuarios enojados, nada del artefacto habría quedado en pie. Así, pues, solamente el gancho se enchuecó un poco y un pedazo del aplanado de la pared se desprendió.

Monsieur René, rojo como un tomate, con las venas de la frente tan hinchadas que parecían reventársele en cualquier momento, volvió a la barra. Desde allí advirtió la presencia de su amigo, el perro negro, llegando como siempre en punto del reloj a esperar pacientemente su comida junto a la puerta.

Al mirar a aquel can allí sentado, quieta e inocentemente, en apariencia libre de toda preocupación y de las contrariedades que hacen envejecer prematuramente a los dueños de restaurantes, meneando la cola alegremente y sonriendo para saludar a su benefactor en aquella forma cómica que tanto le gustaba, el francés, cegado por la ira y arrebatado por un impulso repentino, tomó el bolillo duro que tenía enfrente sobre la barra y lo arrojó con todas sus fuerzas sobre el animal.

El perro había visto claramente el movimiento del restaurantero. Lo había mirado tomar el bolillo, se había percatado de sus intenciones y lo había visto lanzarlo por el aire en contra suya. Fácilmente hubiera podido evitar el golpe, de haberlo deseado, pues siendo un perro acostumbrado a recibir lo que la calle le ofrecía, estaba familiarizado con la dura vida de los perros sin amo o de aquéllos cuyo dueño es tan pobre que sólo puede ofrecerles su cariño.

Un simple movimiento de cabeza le habría bastado para salvarse del golpe. Sin embargo, no se movió. Sostuvo fija la mirada de sus ojos suaves y cafés, sin un pestañeo, en el rostro del francés, y aceptó el golpe valientemente. Durante algunos segundos permaneció sentado, atónito, no por el golpe, sino por aquel acontecimiento que jamás había creído posible.

El bolillo cayó a corta distancia de sus dos patas delanteras. El perro lo miró no como a una cosa muerta, sino como a un ente viviente que saltaría sobre él en cualquier momento. Parecía desear comprobarse a sí mismo que aquel pan había llegado a él por movimiento propio, y así justificar la actitud de su amigo.

Quitó la vista del bolillo, recorrió con su mirada el suelo, después la barra y terminó fijándola en la cara del francés. Allí la clavó como magnetizado.

En aquellos ojos no había acusación alguna, sólo profunda tristeza, la tristeza de quien ha confiado infinitamente en la amistad de alguien e inesperadamente se encuentra traicionado, sin encontrar justificación para semejante actitud.

De pronto, dándose cuenta de lo que había hecho en aquel momento, el francés se sobresaltó tanto como si acabara de matar a un ser humano.

Hizo un gran esfuerzo y se repuso. Miró por unos cortos segundos hacia la puerta con una expresión de completo vacío en sus ojos. Instantáneamente volvió la vista y observó el plato de un cliente que enfrente de él clavaba el tenedor en el bistec que acababan de servirle.

Con movimiento rápido tomó el bistec del plato del asombrado cliente, quien saltó de su asiento, protestando en voz alta por la violación a los derechos constitucionales que amparan a un ciudadano a comer en paz.

Agitando el bistec entre los dedos, el francés salió a la calle y al descubrir al perro corriendo por la cuadra siguiente, se lanzó tras él, silbando y llamándolo, sin preocuparse en lo mínimo por la gente que se detenía a su paso para mirarlo como a un lunático que agita un bistec entre sus dedos y llama a los perros de la calle para que se lo coman.

Ya casi para llegar a la calle de Tacuba, perdió de vista al perro. Dejó caer el bistec y regresó a su restaurante cansado y cabizbajo.

—Perdóneme, señor —dijo al cliente, a quien ya se había servido otro bistec—. Perdóneme, amigo, pero el bistec no estaba bueno, además quise dárselo a alguien que lo precisaba más que usted. Disculpe y ordene cualquier platillo especial que le guste, a cuenta de la casa.

—Caramba, eso sí que está bien, aunque ya me repusieron el bistec. Pero si como orden especial pueden darme un doble *pie à la mode*...

—Sí, sí, estimado señor, lo que usted quiera.

Moviéndose sin descanso de un lado para otro, retirando aquí una mesa, acomodando allá una silla, el francés llegó, finalmente, al rincón oscuro en el que la mesera lloraba.

—Ya está bien, Berta, te quedarás. La culpa no fue toda tuya. Algún día asesinaré a ese tahonero. Prefiero castigar a ese tal por cual y no a ti. Anda, corre a servir tus mesas. Aquel tipo me sacó de quicio, gritando por su diente falso como un chango rabioso.

—Gracias, señor —contestó Berta, haciendo pucheros todavía—. Se lo agradezco mucho y trataré de merecer sus favores. Ya sabe usted, tengo que sostener a mi madre y a mis dos escuincles, y hoy en día no es muy fácil encontrar trabajo tan rápidamente como yo lo necesito y ganando lo mismo que aquí...

—¡Por Dios santo! No hables a chorros y ponte a trabajar.

—Lo único que quería era darle las gracias —e inmediatamente le gritó a un cliente que estaba tocando nerviosamente un vaso con una cucharita—. ¡Sí, señor, ya estoy volando, no puedo estar en todas las mesas al mismo tiempo...! ¿Qué le servimos ahora? ¿Lo de siempre...? En el acto...

Monsieur René se consolaba diciéndose que el perro volvería al día siguiente. De seguro no perdería su comida por aquel maltrato. Cosas como aquella ocurrían todos los días. Los amos suelen golpear a sus perros cuando éstos lo merecen, y después el asunto se olvida. Los perros son así, siguen a quien les da de comer.

A pesar de aquellos razonamientos, no se sentía bien.

Durante el día siguiente sólo pudo pensar en el perro. Trató de olvidarlo repitiéndose a sí mismo que, después de todo, no era su propio perro, que ni sabía siquiera en dónde vivía, ni cómo se llamaba ni quién era su amo. "Es sólo un perro callejero que se alimenta en los basureros, sin personalidad alguna, y al que basta darle un hueso para tenerlo como amigo".

Pero mientras más intentaba olvidar al perro degradándolo, diciéndose a sí mismo que no valía la pena preocuparse, menos le era posible expulsarlo de su mente.

Al día siguiente, desde las tres, el francés ya tenía preparado un buen trozo de bistec, jugoso y a medio cocer, con el que pensaba darle la bienvenida al perro y de ese modo disculparse por el insulto que le había inferido el día anterior y reanudar así su amistad.

A las tres y media en punto y con las campanadas del reloj colocado en un gran edificio de enfrente, apareció el perro y se sentó en el sitio usual cerca de la puerta.

"Ya sabía yo que vendría", —se dijo el francés, sonriendo satisfecho—. "Dejaría de ser perro si no hubiera venido por el almuerzo".

Sin embargo, le decepcionaba comprobar lo que decía. Había llegado a gustar del animal, si no es que a quererlo, y lo juzgaba diferente de los otros, orgulloso y distinguido. De cualquier modo, le agradaba que el perro hubiera vuelto y le perdonaba su aparente falta de delicadeza, pensando que el hombre debe aceptar a los perros tal y como son, ya que carece de poder para cambiarlos.

El can se sentó, mirándolo con sus ojos suaves y apacibles.

Saludándolo con una amplia sonrisa, monsieur René esperaba ver retratarse en su cara aquella expresión chistosa con la que acompañaba siempre los meneos de su rabo cuando contestaba a su invitación de acercarse.

El perro permaneció inmóvil y con el hocico cerrado cuando vio al hombre tomar el bistec y agitarlo detrás de la barra desde donde, con un movimiento de cabeza, le indicaba que podía pasar a almorzar, pretendiendo infundirle confianza.

Pero éste no se movió de su sitio. Miró fijamente a la cara del francés como si tratara de hipnotizarlo.

Una vez más el hombre agitó el trozo de carne y pasó la lengua por los labios haciendo "Hmm, mm, hmm" para despertar el apetito del perro.

A aquel gesto el animal contestó moviendo ligeramente el rabo, pero se detuvo de pronto, reflexionando al parecer en lo que hacía.

El francés abandonó a sus clientes de la barra y se aproximó a la puerta con el bistec entre los dedos. Parándose cerca del perro, se lo pasó por la nariz como solía hacerlo a veces antes de entregárselo.

Cuando el animal lo vio aproximarse se contentó con levantar la vista sin moverse. Cuando el hombre vio que no tomaba la carne, lejos de enojarse o de perder la paciencia, dejó caer el trozo entre las patas delanteras del perro. Entonces acarició al animal, que contestó con un ligerísimo movimiento de cola, sin apartar la vista del francés. Después bajó la cabeza, olió el bistec sin interés, volvió a mirar nuevamente al hombre, se levantó y se fue.

El francés le vio caminar por la banqueta rozando los edificios sin volver la vista hacia atrás. Pronto desapareció entre las gentes que transitaban por la calle.

Al día siguiente, puntual como siempre, el perro llegó a sentarse a la puerta, mirando a la cara de su amigo perdido.

Y volvió a ocurrir lo que el día anterior. Cuando el francés se presentó con un trozo de carne entre los dedos, el perro se concretó a mirarlo sin interesarse lo mínimo por el jugoso bistec colocado a su lado en el suelo.

Otra vez, sin dejar de verlo, movió el rabo ligeramente cuando el hombre lo acarició y le tiró de las orejas.

De pronto se paró, empujó con la nariz la mano que lo acariciaba, la lamió una y otra vez durante un minuto, volvió a mirar al francés y sin oler siquiera la carne dio la vuelta y se fue.

Aquella fue la última vez que monsieur René vio al perro, porque jamás volvió al restaurante, ni se le vio más por los alrededores.

EL SUPLICIO DE SAN ANTONIO

Al hacer la cuenta de sus ahorros, Cecilio Ortiz, minero indígena, se encontró con que ya tenía el dinero suficiente para comprarse el reloj que tanto ambicionara desde el día en que el tendero del pueblo le explicara las grandes cosas que un reloj hace y lo que representa en la vida de un hombre decente, pues, además, no era posible considerar como tales a quienes carecen de uno.

El reloj que Cecilio compró era de níquel y muy fino, de acuerdo con la opinión de quienes lo habían visto. Su mayor atractivo consistía en que podían leerse las veinticuatro horas en vez de doce, lo que, según sus compañeros de trabajo, representaba una gran ventaja cuando era necesario viajar en ferrocarril. Naturalmente él se sentía orgullosísimo en posesión de semejante objeto.

Era el único de todos los hombres de su cuadrilla que llevaba su reloj al trabajo en la mina, por lo que llegó a considerarse como persona de mucha importancia, pues no sólo sus compañeros, sino el capataz y hasta los de otras cuadrillas le preguntaban con frecuencia la hora. Al deberle a su reloj la alta estimación que le profesaban sus compañeros, lo trataba con el mismo cuidado con que suele tratar un subteniente sus medallas.

Mas una tarde descubrió con horror que su reloj había desaparecido. No podía precisar si lo había perdido durante las horas de trabajo o en el camino cuando se dirigía a la mina, porque justamente aquel día nadie le había preguntado la hora sino hasta el momento en que él se percatara de la pérdida. Nadie en el pueblo, ni uno solo de los mineros, se habría atrevido a usarlo, a mostrarlo a alguien, a venderlo o a empeñarlo, por esto le parecía improbable que se lo hubieran robado. Cecilio, hombre listo como era, había hecho que el relojero grabara su nombre en la tapa del reloj. El grabado le había costado dos pesos cincuenta centavos, considerados como buena inversión por Cecilio. El relojero, que en su pueblo natal había sido herrero, había estado enteramente de acuerdo con la idea de que ninguna protección mejor para evitar el robo de un reloj que aquella de grabar profundamente y con letras bien gruesas el nombre de su propietario sobre la tapa. Y el herrero había llevado a cabo tan a conciencia su trabajo, que si alguien hubiera pretendido borrar el nombre, habría tenido que destruir toda la caja.

Sin embargo, Cecilio no había quedado enteramente satisfecho con aquella precaución y había llevado el reloj a la iglesia para que el señor cura lo bendijera, por cuyo trabajo había pagado un tostón. Había abrigado la esperanza de que, protegido de aquella manera, el reloj permanecería en su poder hasta el último día de su vida. Y para su pena, se encontraba con que el reloj había desaparecido.

Durante horas enteras buscó por todos los rincones de la mina en que había desarrollado su jornada, pero el reloj no apareció.

Nada podría hacerse hasta el domingo, cuando, con ayuda de la iglesia y muy particularmente de los santos, arreglaría el asunto. Como todos los indios de su raza, tenía una idea primitiva sobre la religión y sus virtudes. Confió el asunto a la dueña de la fonda donde tomaba sus alimentos, y ella le aconsejó visitar a San Antonio, quien no sólo arreglaba los asuntos de los novios, sino que solucionaba prácticamente todos los problemas de sus fieles devotos.

El pueblecito más cercano estaba situado a unos cinco kilómetros de distancia, así es que el domingo, a primera hora, Cecilio se encaminó hacia allá para exponerle su desventura a San Antonio. Entró en la iglesia y, después de persignarse ante el altar mayor, se dirigió hacia el oscuro nicho que, sobre un altar especial, guardaba la imagen de madera del santo en actitud serena y solemne.

Le compró una cera de diez centavos, la encendió y se la colocó a los pies. Después se persignó varias veces, extendió los brazos y, arrodillado, le explicó al santo lo que le ocurría. Como por experiencia personal sabía que nadie hace nada de balde, ofreció al santo cuatro veladoras de a cinco centavos y una manita de metal (de las que dicen ser de plata, y que en su mayoría, al igual que los demás "milagros", medallas, etcétera, son fabricados y vendidos por los judíos) si le ayudaba a recobrar su reloj.

De hecho, ordenó a San Antonio que encontrara su reloj en una semana, ni un solo día después del domingo venidero, fecha en la que iría a la iglesia a enterarse del resultado de sus gestiones.

Durante la semana siguiente, el reloj no apareció. Y así, el domingo, Cecilio se dirigió nuevamente a la iglesia. En esa ocasión fue directamente hacia el nicho de San Antonio, sin detenerse, como era su obligación, ante el altar mayor para rezarle a la Virgen.

Se persignó devotamente, y cuando no vio su reloj en el sitio donde esperaba encontrarlo, esto es, a los pies del santo, levantó el hábito café que éste vestía y buscó cuidadosamente entre los múltiples pliegues de la vestidura, usando para ello una absoluta falta de respeto, pues había recibido una gran desilusión en su infantil creencia acerca de los poderes del santo y su deseo de ayudar a los humanos.

Convencido de que la cera, al igual que sus promesas de recompensa no habían dado un resultado efectivo, decidió intentar otros medios para lograr que el santo cumpliera con lo que él consideraba su obligación.

Compró otra cera, sin necesidad de salir a buscarla, porque en el interior de la iglesia se traficaba activamente. Había alrededor de media docena de puestos en los que podía encontrarse todo aquello que los fieles necesitaban para hacer sus ofrendas a los santos. Vendían gran cantidad de retratos, entre los que se contaban los de los dignatarios de la iglesia y los de los señores curas del pueblo y de las diócesis vecinas; volantes, listones, escapularios, novenarios, libros religiosos y semirreligiosos; en cuestión de "milagros" había bracitos, piernas, orejas, corazones, ojos, burros, vacas, caballos, todos de plata o con apariencia de ella. Los comerciantes hacían sus tratos tan ruidosamente como si se encontraran en una feria, mientras los servicios religiosos se llevaban a cabo al mismo tiempo. Las autoridades de la iglesia tenían estrictamente prohibido el comercio durante las horas de servicio, pero ninguno de los vendedores, mujeres en su mayoría, permitían que se les escaparan cinco centavos para ir a dar al puesto vecino si tenían oportunidad de atraparlos para sí. Los negocios sufrirían, es más, se derrumbarían si cumplieran al pie de la letra con todos los requisitos y reglamentos que se les fijan.

No se debe, porque no se puede, razonar con un indio de la ignorancia de Cecilio, que se creía con el derecho incuestionable de exigir a San Antonio la devolución de su reloj perdido, considerando que había llenado todas las formalidades y hecho las acostumbradas promesas de recompensa al santo.

Vivía en una región en que la generalidad de los hombres trabajan para comer, aun cuando se encuentren enfermos o en extremo débiles para realizar trabajos pesados. Así pues, resultaba sólo natural que no sintiera compasión por el santo cuya imagen había recibido infinidad de ceras, oraciones y milagros de plata, sin corresponder debidamente con su trabajo. Cecilio no tenía la culpa de juzgar a los santos desde un punto de vista tan material, pues nadie se había preocupado por enseñarle algo mejor.

Nuevamente colocó su cera, se arrodilló y se persignó tres veces devotamente. Carecía de libro de oraciones y, si lo hubiera tenido, de nada le habría servido, porque no sabía leer ni escribir. Algunas personas con grandes influencias opinan que la lectura y la escritura estropean las virtudes de los hombres venidos al mundo para trabajar en las minas, para ser buenos obreros que nunca pedirán más de lo que se les dé voluntariamente. En consecuencia, Cecilio tuvo que orar simplemente, de acuerdo con los dictados de su corazón. Ignoraba el significado de las palabras y los pensamientos blasfemos, pues de haberlo conocido, jamás los habría pronunciado y concebido, por mucho que un santo le hubiera desilusionado.

Las gentes educadas, cuando un santo no les concede lo que le piden, se consuelan solas o con la ayuda de un sacerdote, diciéndose que Dios sabe mejor lo que les conviene. Los campesinos y los trabajadores sencillos tienen ideas semejantes respecto a su Dios, pero no respecto a los santos, a quienes por haber conocido bien la existencia terrena, les exigen saber la forma de traficar en este mundo y comprender ampliamente las crueles realidades de la vida.

Cecilio tenía un propósito definido: el de recuperar su reloj sin necesidad de esperar a que se lo dieran en el paraíso después de su muerte. Lo necesitaba aquí, en la Tierra, ya que en el paraíso el tiempo debía medirse de forma especial, y si había minas en el paraíso —de lo que él estaba seguro— y se veía obligado a trabajar en ellas, ya el capataz le indicaría las horas de iniciar y de terminar la jornada.

Cecilio oraba en la forma indicada por el Señor cuando dijo: "Deja que tus oraciones broten directamente del corazón y no te preocupes por la gramática". Así pues, con los brazos en cruz, dijo:

—Oye, querido santito, escucha bien lo que voy a decirte: estoy harto de tu pereza, la verdad, eres muy flojo y no has hecho nada por encontrar mi reloj. El domingo pasado te dije confidencialmente que había perdido mi reloj, el que compré con todos los ahorros que junté con un demonial de trabajo, como bien debes saberlo.

"No pienses zafarte, no, santito mío, no creas que podrás disculparte diciendo que no conoces mi reloj, porque tiene mi nombre bien grabado en la tapa. Tú sabes leer; bueno, pos dice: Cecilio Ortiz, con letras así grandotas, que me costaron mi buen dinero. Todo esto te lo expliqué claramente el domingo pasado. Debes comprender, querido San Antonio, que no puedo venir a verte todos los domingos, como te imaginas. Tengo que hacer a pie todo el recorrido bajo los ardientes rayos del sol. Claro que tú eso no lo puedes comprender porque tu altar es muy fresco. Pero créeme: ¡hace un calor allá afuera! Además, las velas cuestan dinero, dinero que yo no me encuentro tirado. No, el Diosito lo sabe bien, y si no quieres creerme, pregúntale. Tengo que trabajar como un burro para conseguirlo. Nunca he pasado el tiempo tan tranquilo como tú aquí en la iglesia, donde lo único que tienes que hacer es contar las velas que los pobres te ofrecen y vigilar el dinero que echan en tu caja. Pero te advierto que esa pereza tuya tiene que acabar ahora mismo, por lo menos en lo que a mi reloj toca. Todos tenemos que trabajar en la vida, y también tú tendrás que hacerlo. Lo menos que puedes hacer pa que yo te respete y rece es encontrar mi reloj y ponerlo sobre tus pies, los que yo besaré con adoración y devotamente por tu buena acción. Ah, hay algo más, mi querido santito: quiero decirte que esperaré una semana más, pero escucha, si el próximo domingo no has regresado mi reloj, por Jesucristo, nuestro Señor y salvador, que te sacaré de aquí y verás qué te hago. No te amenazo, pero te va a ir muy mal hasta que encuentres mi reloj o me digas durante el sueño en dónde está. Espero te des cuenta de que hablo seriamente. Eso es todo, gracias por todo. ¡Ay, amado santito, ora por nosotros! ¡Ora por nosotros!

Cecilio se persignó, volvió la cara hacia la imagen de la Virgen Santísima, recitó una oración, se paró, aproximó la vela hacia la imagen del santo, le lanzó una última mirada de advertencia y dejó la iglesia convencido de que su ardiente ruego no había sido elevado en vano.

Tampoco aquella semana apareció el reloj de Cecilio. Todas las mañanas, al despertar, miraba ansiosamente, lleno de esperanzas, bajo su dura almohada. Su reloj no aparecía, ni allí ni bajo su catre.

"Así es que sólo sirves a los ricos y nada haces por los pobres", murmuró. "Parece que mi compañero Elodio Tejeda tiene razón cuando dice que la iglesia sólo sirve para hacernos más brutos".

Muy disgustado con el santo, decidió no rezarle más y emplear medios más efectivos para obligarlo a obrar.

Cecilio no poseía un gran talento para inventar nuevos castigos y torturas y tenía que echar mano de aquéllos que le eran bien conocidos por amarga experiencia, pues frecuentemente le habían sido aplicados a él y a sus compañeros cuando era peón de la hacienda en que había nacido y crecido, y en la que había sido casi esclavizado hasta que le fue posible escapar y encontrar trabajo en el distrito minero.

El sábado por la tarde, después de recoger un saco vacío de azúcar que encontrara en el patio de la tienda de abarrotes, se encaminó apresuradamente hacia el pueblo. Era de noche cuando penetró en la iglesia, que a aquella hora se hallaba muy poco iluminada.

Persignándose ante la Virgen Santísima, que ningún mal le había hecho, dijo rápidamente una oración y agregó algunas palabras solicitando su perdón por lo que iba a hacer.

Con pasos resueltos, caminó hasta San Antonio, cuyo altar, afortunadamente para las siniestras intenciones de Cecilio, se hallaba envuelto en tinieblas y ningún fiel oraba cerca de él.

Rápidamente se apoderó de la imagen. Con gran ternura le quitó el niño de los brazos y lo colocó sobre el altar, y metió al santo dentro del costal que llevaba. Después salió por una puerta lateral.

Nadie vio a Cecilio corriendo a través de las calles semioscuras. En menos de diez minutos dejó atrás las últimas casas del pueblo y se puso en camino a la aldea minera en la que habitaba.

Cuando le faltaba algo más de un kilómetro para llegar, abandonó el camino principal y se internó en el bosque.

La luna había salido y la vereda que atravesaba el bosque se hallaba medianamente alumbrada, por fortuna para Cecilio.

A los diez minutos de caminar rápidamente, llegó a un claro en cuyo centro había un viejo pozo, hacía mucho abandonado, originalmente propiedad de unos españoles que lo habían mandado hacer junto con el casco de una hacienda del que aún quedaban en pie dos muros.

Todo el sitio tenía una apariencia fantasmagórica. Nadie, ni siquiera los carboneros sedientos, bebieron jamás agua de aquel pozo, pues ésta se encontraba cubierta de lama verdosa y el fondo estaba lleno de plantas y madera podrida.

Debido a la soledad del sitio, a su lúgubre quietud y a los reptiles de toda especie que allí podían encontrarse, resultaba el lugar más propicio para el desarrollo de crímenes, amores con fin trágico y una serie más de cosas espeluznantes.

Los vecinos del pueblo evitaban, hasta donde les era posible, cruzar cerca de aquel lugar, y Cecilio, con el santo a cuestas, no se dirigía a él con mucha tranquilidad.

Es una gran verdad que la gente locamente enamorada o en extremo celosa o colérica, jamás, mientras su emoción dura, suele ver fantasmas. Y como Cecilio se hallaba enojado en extremo con el santo perezoso, no habría notado la presencia de aquéllos, aun cuando se encontraran celebrando una reunión de familia sobre el brocal del pozo. Él estaba desesperado y ciego. Su único deseo era recuperar el reloj.

La vida de los santos, entre indios como Cecilio, no resulta fácil ni cómoda. Aquel que desee tenerlos bajo su dominio debe hacer lo que ellos esperan de él. Consecuentemente, si un santo quiere ser venerado por ellos, debe probar plenamente sus aptitudes de santito.

Cecilio no era ningún salvaje. No comenzó a torturar al santo sin antes darle una última oportunidad para que hiciera aparecer su reloj. El señor feudal de la hacienda en que Cecilio había trabajado como peón era mucho menos considerado y amable con sus peones de lo que Cecilio era con su cautivo. El hacendado, en el preciso instante en que descubría alguna falta, mandaba azotar al culpable o aplicarle cualquier otro castigo. Sin embargo, hay que aclarar que les era permitido a los peones dar explicaciones sobre los motivos de su falta los domingos por la mañana, cuando eran llamados a faena, esto es, a prestar ciertos servicios domésticos por los cuales ni se les pagaba nada extra ni se les mostraba agradecimiento alguno, y como ya habían sido castigados en el momento de ser sorprendidos, juzgaban inútil hacer mención a lo injustificado del castigo.

Cecilio no trató a su prisionero de aquella forma, no; le dio todas las oportunidades posibles para que se sincerara.

Sacó la imagen del saco de azúcar, la colocó sobre el borde del pozo, le arregló los pliegues del vestido y le alisó los cabellos para darle mejor apariencia.

La estatua tenía como un metro de alto, pero la cabeza correspondía a un cuerpo mayor, por lo que se veía desproporcionada.

Dirigiéndose a su cautivo, Cecilio le dijo:

—Escucha, santito, yo te respeto mucho, tú lo sabes bien; de hecho, te respeto más que a los otros santitos de la iglesia,

a excepción, naturalmente, de la Madre Santísima, lo que es
fácil de comprender. Pero debes hacer algo pa que yo recupere
mi reloj y pa ello te daré la última oportunidad. Más vale
que te des prisa. Yo he puesto todo lo que está de mi parte,
ahora te toca a ti. Entiende, ya no quiero pretextos. Fíjate bien
en qué sitio nos encontramos. Puedes ver que no es agradable
y que a medianoche es cien veces peor porque los habitantes
del infierno vienen a pasearse por aquí. Tú eres un santo y,
por lo tanto, capaz de encontrar las cosas perdidas y recuperar las robadas. El señor cura así lo ha dicho muchas veces y
debe saberlo porque es un hombre muy leído. Te he comprado
ya dos veladoras y te he prometido, además, dinero en efectivo. Más no puedo hacer, porque, como tú sabes, no soy más
que un pobre minero mira mis manos pa que me creas, gano
muy poco y no tengo esperanzas de aumento, asegún nos ha
dicho el capataz.

”Todo esto lo sabes requetebién, santito, y sólo quero re-
cordarte estas tristezas de la vida porque me parece que nada
te importa un pobre minero, y menos aun si ese minero es
indígena, si su piel no es del color suave de la tuya y si no le
es dado escrebir cartas y leer periódicos, pudiendo solamente
estampar una cruz chueca en los papeles que se ve obligado
a firmar. Mira, empiezo a sospechar, y mucho, que te gusta
ayudar nada más a los que tienen mucha plata porque ellos
pueden pagarte mejor. Es por eso que te he traído aquí, donde
podemos discutir tranquilamente. Tú me entiendes.

”Yo no puedo pagarte tampoco tanto como los gringos
millonarios que tienen todo, además de todas las minas del
país. He hecho lo que he podido, no puedo nada más porque
no tengo dinero. Echa una mirada al horrible pozo y te darás
cuenta de lo feo que debe ser estar en él, con esa agua tan

puerca y apestosa, es casi puro lodo. Allá abajo hay serpientes de todas clases y no de aquéllas con las que se puede jugar. Además hay algunas otras cosas que espantan. Bueno, pos ¿pa qué hablar tanto? Si no me devuelves el reloj, te echaré adentro. Yo creo que te he hablado claro, ¿no, santito? No puedo estar yendo cada semana a la iglesia pa ver si, escondido entre tu ropa o sobre tu altar, se encuentra mi reloj. Tengo otras cosas que hacer. No me puedo perder todas las fiestas del pueblo en las que se baila resuave con mujeres rechulas que a veces uno se las puede llevar al monte. Y pa que lo sepas, no te ofreceré más velas, no, señor. Bueno, conste que ya te advertí lo que te pasará si te niegas a encontrar mi reloj.

Cecilio sacó un cordel de su bolsa, le hizo una lazada en la punta, la pasó por la cabeza del santo, la sujetó a su cuello y lo suspendió sobre el pozo. Mientras la imagen se balanceaba de la cuerda, Cecilio le dijo:

—Contesta, San Antonio, ¿en dónde está mi reloj?

Sólo el cantar y el zumbar de los insectos del bosque se escuchó.

Así pues, decidió hacer descender al santo hasta que sus pies tocaran el agua.

—¿En dónde está mi reloj, santito? —preguntó Cecilio inclinando la parte superior del cuerpo todo lo más posible, a fin de no perder ni la más leve palabra que el santo pudiera pronunciar en su desesperación.

Pero San Antonio probó ser un verdadero santo, pues prefirió sufrir y permanecer en silencio a pesar de su suplicio. Entonces fue descendido hasta que todo su cuerpo desapareció en el agua. Varias veces Cecilio metió y sacó la imagen en el pozo. Después la sacó definitivamente para volver a colocarla sobre el brocal.

—Santito —dijo—, ya sabes ahora lo que el pozo tiene en el fondo. Yo no soy tan malo como tú tal vez crees. Te daré una última oportunidad, aunque eres tan terco que no la mereces. Te daré doce horas más pa que pienses bien. Mañana temprano regresaré. Si pa entonces no has recuperado mi reloj o me has dicho durante el sueño en dónde puedo encontrarlo, entonces, y óyeme bien, santito querido, tendré que volver a meterte en el pozo, y te advierto que te dejaré allí, enteramente solo, durante toda una semana. Después de sufrir una semana, estoy seguro de que dejarás tu terquedad y tu pereza y tratarás de hacer algo en mi favor.

Antiguamente se tenía por costumbre colgar durante veinticuatro horas dentro de un pozo, con el agua hasta el cuello, a los peones a quienes se acusaba de robo, pereza, desobediencia, negligencia o cualquier cosa que el hacendado o finquero considerara como atentado en contra de sus intereses. Cecilio había sido colgado en uno de esos pozos, en cierta ocasión, cuando se había aventurado a discutir con el mayordomo cierta orden que en su concepto era impracticable e innecesaria.

Así pues, él pensaba que el santo no tenía de qué quejarse si un pobre trabajador indígena hacía con él lo que los señores feudales acostumbraban hacer con sus peones. Ningún sacerdote intervenía cuando los peones eran cruel e injustamente tratados por sus amos, así pues, no había razón para que él se mostrara compasivo con aquel amigo íntimo de los señores curas.

Después de guardar nuevamente la imagen en el saco de azúcar, Cecilio la escondió entre la maleza. Las vestiduras del santo se encontraban mojadas y llenas de lama verdosa. Cecilio sabía que el pobre sufriría terriblemente durante la noche, fuera de los muros protectores de la iglesia y del calor de los cirios.

—Si te resfrías, santito —dijo en voz baja mientras escondía la imagen—, bien que te lo mereces, pos mucho tiempo te he dado pa que cumplas con tu deber. Y ya que te niegas a hablarme, pos muy bien, aquí te quedas ahora. ¡Buenas noches! ¡Hasta mañana!

Lo primero que Cecilio hizo al despertar fue buscar bajo la almohada y en todo el rincón que ocupaba su catre. También miró dentro de sus bolsas y en la caja de madera en la que guardaba todas sus propiedades, pero su reloj no apareció.

Se dirigió a la plaza y en una mesita al aire libre se desayunó café negro, carne seca, frijoles y tortillas. Después se dirigió al bosque a toda prisa.

Sacó la imagen de entre la maleza y buscó cuidadosamente en sus vestiduras. Tampoco allí estaba el reloj.

Una vez más se dirigió al santo, pero en esta ocasión sus palabras fueron duras y despiadadas. Explicó por qué no podía hablar largamente y por qué consideraba inútiles sus plegarias:

—Debes saber, santito, que en el patio de la taberna de don Paco habrá una pelea de gallos muy buena a las diez, en la que ya he metido mi apuesta. En la tarde tampoco podré regresar porque tengo que llevar al baile a Cande. Tú la conoces bien, es la que un día prendió una carta a tu vestido, pidiéndote que la ayudaras pa que yo no quebrara con ella, como lo tenía pensado, a causa de esa vieja bruja de su madre, pos a ella le dijeron que tú ayudas a los novios. Por todo esto ahora sólo puedo darte cinco minutos más. Si mi reloj no aparece dentro de cinco minutos, te sumiré en el pozo y allí te quedarás por toda la semana, hasta que el próximo domingo regrese pa ver qué has hecho entre tanto.

Cuando Cecilio calculó que habían transcurrido cinco minutos, todavía buscó a su rededor, pero no pudo descubrir su reloj en parte alguna.

—Ahora, santito, como soy un buen cristiano que te ha sido fiel durante toda su vida, tú ya lo sabes, bueno, pos ahora hemos terminado, y sin lástima te meteré a este pozo mugroso.

Introdujo la imagen hasta que sintió que los pies tocaban el fondo. Ató el cordel a la rama de un arbusto que había enraizado entre las piedras del brocal, con el objeto de poder sacar al santo en cuanto hallara su reloj.

El sábado al mediodía, Leandro, uno de los compañeros de Cecilio, se aproximó a él y le dijo:

—Dime, camarada Cecilio, ¿cuánto me darás de albricias si te entrego tu reloj, que encontré al limpiar uno de los túneles?

—¡Qué gusto, camarada Leandro! Te daré un peso de albricias y las gracias.

—Hecho —repuso Leandro. Entregó el reloj a Cecilio, y agregó—: Dame el peso esta noche, después de la raya. Bueno, aquí tienes tu reloj en perfecto estado. Ni siquiera el cristal está roto. ¿Sabes, cuate? Vi algo brillar entre los montones de piedras y me fijé con cuidado pa saber qué era, y descubrí tu reloj.

Cecilio acarició su reloj y lo cubrió de besos. Con voz emocionada por la felicidad y abrazando a su compañero de trabajo, dijo:

—Tú lo haces mejor que los santos, por menos dinero y sin meterme en líos, Leandro.

Pero no mencionó para nada lo que había hecho con el santo.

En la mañana del siguiente día, que era domingo, Cecilio fue a libertar a su cautivo.

Debido al constante roce de la cuerda contra las rocas del borde, ocasionado por el viento al mover la rama del arbusto, la cuerda se había roto y no le fue posible sacar la imagen.

Inclinándose cuanto pudo, gritó hacia el fondo del pozo:

—¡Ahora sí, ni modo de sacarte, pos se rompió la cuerda! Allí te quedas, pos así lo quere nuestra Madre Santísima. La verdad, no sirves pa nada. La pobre gente que recurre a ti con sus penas, gasta sus centavitos tan duramente ganados sin ningún provecho. Pos, ai te quedas, santito. Adiós. Que el Señor tenga piedad de ti.

Aquella oración de Cecilio, tal vez la más sincera y la más desinteresada por haber sido dicha en beneficio ajeno, fue escuchada en el cielo.

Dos carboneros, que por casualidad tomaron el viejo camino que pasaba frente al pozo, se sentáron a descansar en el brocal del mismo y encendieron un cigarrillo. Mientras fumaban, uno de ellos miró distraídamente hacia el fondo y exclamó:

—¡Por Dios santo, en el pozo hay un ahogado, veo su cabeza y sus cabellos!

—Tienes razón, es un hombre —dijo su compañero asomándose—. ¡Caracoles, es un cura! —gritó fijándose en la cabeza tonsurada.

Corrieron hacia el pueblo para avisar que un cura había caído al pozo accidentalmente y se había ahogado.

Los vecinos se armaron de cuerdas y escaleras y se dirigieron al bosque con la piadosa intención de rescatar al pobre señor cura, quien tal vez viviera aún y podría ser salvado si se le atendía enseguida.

Cuando hubieron sacado la imagen, los vecinos descubrieron, con asombro, que era la de San Antonio, que tan misteriosamente había desaparecido.

En gran procesión que se improvisó rápidamente, fue devuelta triunfalmente a su nicho de la iglesia, de donde había desaparecido una semana antes, desaparición que intrigara al pueblo entero y que fuera el tema de conversación durante los últimos siete días.

El padre de la iglesia fue asediado con preguntas, por lo que finalmente tuvo que dar una explicación. En su sermón del siguiente domingo pronunció estas palabras con mucha solemnidad:

—A ningún ser humano le es dado comprender y menos resolver los misteriosos designios y disposiciones de nuestro Señor. Alabado sea Dios Todopoderoso.

No podía haber dado mejor ni más sabia explicación, pues Cecilio jamás volvió a confesarse.

ARITMÉTICA INDÍGENA

Durante mi larga vida —ando en los noventa y seis..., bueno... todavía me faltan dos meses y siete días— he aprendido que es casi imposible, si no se desea, morir de hambre en el campo o en las pequeñas aldeas. La cosa es bien distinta en las grandes metrópolis.

Debido a las limitaciones de mi inteligencia, no pude hacer suficiente dinero en la ciudad para sostenerme allí y ser un ciudadano respetable como tantos otros, con una familia y otras lindas cosas. El destino no lo quiso así, y heme aquí, otra vez, en el campo.

Además, siempre tuve la intención de producir algo que pudiera beneficiar a la República, obedeciendo al divulgado lema: "Trabajar y producir es hacer patria".

Me establecí en una especie de cabaña que estaba sobre una colina a kilómetro y medio de un pueblo habitado por campesinos indios, todos los cuales, según pude enterarme al pasar el tiempo, eran gente buena y honesta.

Cierto día recibí la visita de Crescencio, un vecino del lugar, que empezó por hablarme de varias cosas sin importancia, de tal manera que yo, sin ser adivino, pude darme cuenta de que algún interés lo llevaba, sin que me fuera posible precisar cuál era éste, hasta que dijo:

—Bueno, señor, me voy, hasta luego. Oiga usted...

Los dos estábamos sentados en los escalones del pórtico. Cerca de nuestros pies, mi perra, una terrier, retozaba con sus cinco perritos que había tenido hacía unas seis semanas.

Todo el tiempo mientras conversábamos estuve tratando de investigar lo que Crescencio pretendía, pues tenía gran curiosidad por saber el motivo de su visita.

Por fin dejó de charlar, se levantó, miró a los perritos que jugaban mordiéndose entre sí, chillando, estornudando, tirando a su paciente madre de la cola, de las orejas, de las patas.

Concentró su atención en los animalitos como si se fijara en ellos por primera vez desde su llegada. Luego hizo: "Ss-ss, ps-ps, tza-tza-ks-ks, wooh-wooh", como si tratara de asustar a algún bebé. Después se inclinó, los acarició, les dio de palmaditas y finalmente dijo:

—Caray, ¡qué lindos perritos, qué chulos, hermosísimos!

Hasta entonces vislumbré lo que quería.

Cuando se disponía a partir, tomó a uno de los cachorritos, se lo acomodó en un brazo, y le rozó la piel varias veces ante la fingida indiferencia de la madre, que guiñaba un ojo constantemente, viendo cómo Crescencio consentía a su perrito.

—Perrito lindo —dijo—, de veras, por la Virgen Santísima que es un perrito muy lindo; será muy bravo, bravísimo, cuando crezca, un buen perseguidor de bandidos y robaganados. Yo conozco bien a los perros. Sé desde el momento en que nacen cuando serán bravos. Ya aprenderá a ladrar fuerte y a ahuyentar a todos los leones y tigres del pueblo. Bueno, señor, este es el que me conviene, exactamente el que he estado buscando. Me lo llevo enseguida pa que se vaya acostumbrando a su amo. Muchísimas gracias, mil, mil gracias, señor, por su amabilidad. Esta fiera será un gran cazador de ladrones y de conejos cuando lo haya entrenado bien.

Nunca he visto yo que un indio se tome el trabajo de entrenar a un perro, aun cuando tuviera posibilidad de hacerlo.

Crescencio dio la vuelta y antes de salir dijo:

—Con su permiso, señor. ¡Adiosito!

—Oiga, Crescencio —le llamé—, usted no puede llevarse al perrito sin pagarme. Ese perrito cuesta un peso plata.

Se detuvo, y sin mostrar sorpresa, enojo o embarazo alguno, dijo:

—¿Cómo dice usted, señor?

De hecho, nunca tuve intención de vender los perritos. Como la madre era la única de su especie en el distrito, los cachorros salieron una cruza horrible, los que, desde luego, y precisamente por esta razón resultan más adecuados para estas regiones tropicales que los perros de raza fina.

De momento no sabía exactamente qué hacer con ellos. Quería dos para mí, los otros tres, sin embargo, no podía regalarlos, pues ello habría sido mal entendido por estas gentes, cosa que habría terminado por hacerme quebrar tanto financiera como moralmente. Sé por experiencias no muy halagüeñas, que regalar algo que tiene cierto valor sólo nos causa dificultades.

Al día siguiente vendrían del pueblo cinco hombres a pedirme un perro. Dirían: "¿Por qué le dio usted a ese ladrón de Crescencio ese perrito tan bonito? Él nunca le ha hecho ningún favor y sólo anda murmurando de usted, en cambio, señor, recuerde que yo le presté mi caballo el otro día y que no le cobré ni un centavito por ello".

Otro diría: "¿Por qué no me da a mí un perrito, señor americano? ¿No fui yo quien le trajo sus cartas del correo la semana pasada pa que usted no tuviera que ir en medio de aquel calor terrible hasta el pueblo?".

Otro hubiera interpretado como un insulto el hecho de que no le hubiera yo obsequiado un perro, habiéndolo hecho con otros cinco hombres a quienes él consideraba como a sus peores enemigos, alegando ser tan honesto como los otros habitantes del pueblo y tener el mismo derecho que tenían los por mí favorecidos.

Y cuando hubiera dado todos los perros, vendría algún campesino a pedirme uno de los dos chivitos recién paridos por mi cabra, pues, ya que había yo regalado todos los perros ¿por qué razón no podía yo honrarlo a él, mi mejor amigo, entre todos aquellos que se habían impuesto a mi estupidez? Y si no le daba el chivito, sus amigos insistirían en que yo seguramente lo consideraba un bandido, un cruel asesino, no merecedor de un regalo mío, y así, por mi culpa, perdería su reputación honrada en el pueblo.

Sabedor de todas estas cosas, después de mis largas estancias entre aquellas gentes, tenía que obrar de acuerdo con lo que la experiencia me dictaba.

Así, pues, no tenía tiempo que perder y con mayor brusquedad de la necesaria dije:

—Crescencio, el perrito le costará un peso plata, y a menos que traiga el dinero, no podrá llevárselo. Debe usted comprender, Crescencio, que estos perros me han costado bastante por la leche, el arroz y la carne que se comen. Lo siento, pero tendrá usted que dejarlo y traer el peso primero.

Crescencio colocó al perrito cuidadosamente junto a su madre, quien lo recibió con gran satisfacción, lamiéndole la piel como para quitarle el mal olor que le dejara Crescencio, que aparentemente no era muy del agrado de la madre, pues ella lo miró después del baño como diciendo: "Ahora, hombre, no vuelva a tocarlo, porque ya está limpio y quiero que dure así siquiera un rato. Ya puede irse porque la función ha terminado".

Evidentemente, hasta aquel momento terminó Crescencio sus difíciles reflexiones, juzgando por el tiempo en que se tardó en contestar:

—Yo lo consideraba a usted como un buen cristiano, señor, y siento en lo más profundo del alma haber descubierto que no lo es usted. ¿Cómo puede ser tan cruel y despiadado? ¿Cómo le es posible arrebatar de mis brazos a este pobre animalito indefenso? ¿No se da cuenta de lo mucho que ya me quiere? ¿No se fijó que no quería dejarme y volver al duro suelo? Usted debió haberlo visto, señor, seguramente que lo vio.

—Traiga usted el peso y tendrá el perro.

—¿Todos cuestan un peso? —preguntó Crescencio después de meditar.

—No, éste no —dije señalando uno al acaso—, éste le costará ocho reales.

(Ocho reales hacen exactamente un peso.)

—¿Ocho reales? —repitió Crescencio—. Ocho reales es muy poco por un perrito tan bonito. De cualquier modo prefiero el que había tomado, ya puede ladrar y tiene una voz fuerte. Veo claro lo que va a hacer con los ladrones. No, señor, no me venderá usted el otro por ocho reales, yo sé bien lo que compro. Me llevo éste por un peso, es el más bravo de todos.

—Bueno, se lo guardaré hasta que traiga el peso.

—Muy bien, señor, hasta mañana.

Con esas palabras Crescencio se despidió y regresó a su casa.

A la mañana siguiente, temprano, Crescencio regresó, y después de mirar pensativo a los perritos, dijo:

—Un peso es mucho dinero, señor. En verdad, creo que es mucho pagar por ese animalito porque a final de cuentas, ¿pa qué sirve semejante pedacito de carne? Eso es lo que quiero que me diga, caballero. Le aseguro que si ve a un bandido, echa a correr con la cola entre las patas. Un peso plata es muchísimo dinero por un perro que todavía no sabe ni comer solo. Pa decir a usted la verdad, habrá de pasar mucho tiempo antes de que sea útil, antes de que pueda perseguir a los bandidos, a los ladrones de ganado, a los leones y tigres. Y como cazador de conejos, seguramente se asustaría con sólo verlos. Yo creo que no pago un peso por ese perrito que apenas si se ve; cualquier rata hambrienta es más grande que él.

—Por mí muy bien, Crescencio. Si no quiere comprarlo, déjelo, ni quien se ofenda. Un peso plata es mi última palabra.

De pronto cambió totalmente el tono de su voz e inició una nueva conversación.

De no conocer a esta gente, yo hubiera pensado que renunciaba a comprar el perro.

Comenzó por platicar de todo lo ocurrido durante los últimos días en el pueblo. Una ternera se había perdido, aparentemente robada por un puma, cuyas huellas habían sido halladas no lejos del pueblo. El alcalde había recibido una carta del gobierno a fin de que la Comisión de Salubridad visitara el pueblo con órdenes de vacunar a todos los habitan-

tes contra la viruela. La señora López había tenido un niño
la noche anterior, pero tan débil que quizá para entonces ya
habría muerto. El único caballo que el señor Campos poseía
había sido mordido por una víbora de cascabel, pero parecía
estar bien y mejorar de la pata rápidamente. El maíz crecía
regularmente; de cualquier modo, un poco de lluvia le haría
bien. Sin embargo, no había señales de que lloviera durante
todo el mes, a juzgar por el cielo y el viento.

—La vida no es como antes. No, señor. Debe usted creer
a un hombre que la conoce y ha sufrido muchísimo; créame,
señor.

Yo me concretaba a escuchar y a asentir con la cabeza,
esperando a que llegara al punto esencial. El perrito volvería
pronto a la conversación y mi curiosidad era saber cómo volvería a abordar el tema.

Empezó refiriéndose al precio de las mulas, de los caballos,
de los burros y cerdos, de los huevos y del rendimiento que
tendría el maíz el día de la cosecha.

—Hablando de precios y de gastos —dijo Crescencio en
el curso de su conversación—, me figuro que debe usted sentirse muy solo aquí en su jacalito. Ayer decía yo a mi mujer:
"Ese gringo que vive en la colina...", bueno, dispénseme, señor, quiero decir que la mujer dijo: "Ese americano míster
debe sentirse muy solo, sin tener jamás quién lo acompañe.
La soledad debe ser insoportable en la colina". ¿Cómo hace
usted, señor, pa no volverse loco? Dije a la mujer, sí, yo le dije:
"Tienes razón, Julia; ese gring... ese americano se volverá loco
a fuerza de estar solo, enteramente solo, tarde o temprano
perderá la razón", dije yo a la mujer.

Aquello empezó a intrigarme. Claramente presentía que
preparaba el terreno para hablar nuevamente del perrito.

—No me siento tan solo como usted cree, Crescencio. Tengo mucho trabajo. Éste ocupa totalmente mi atención y casi nunca me doy cuenta de que estoy solo. Me gusta vivir así, trabajando duramente.

—Eso es, eso es precisamente lo que la mujer dice, que tiene usted demasiado trabajo que hacer. ¿Cómo, por todos los santos, puede usted hacerlo todo solo? Cocinar, lavar y limpiar la casa. Ni yo ni la mujer podemos entender semejante cosa.

Naturalmente, un indio es incapaz de comprender cómo un hombre puede guisar su comida y lavar su ropa él mismo si no le queda otro remedio. Algo malo debe ocurrirles a los hombres que hacen esta clase de trabajos sin quejarse.

Cocinar, lavar ropa y asear la casa son trabajos propios de la mujer. Un indio moriría antes de guisar su comida, salvo durante largos viajes en los que no puede hacerse acompañar de una mujer.

—¿Conoce usted a Eulalia, señor?

—No, no conozco a Eulalia.

—Verá usted, Eulalia es mi hija. Tiene casi diecisiete años y es muy bonita. Mi Eulalia es bonita, muchísimo muy bonita, la pura verdad, por la Santísima Virgen —dijo, besándose el pulgar para comprobar que no mentía—. Todos lo aseguran. Bueno, es morena, sí, pero no mucho. Tiene los ojos cafés, muy bonitos, muy brillantes, es muy morena. Ya sabe usted cómo se pone uno con este sol tan fuerte. Pero no es negra. No, está muy lejos de ello, se lo aseguro. Es nada más morena como todas las indias de aquí. Debía usted ver su cabello. Tiene el cabello más largo, hermoso y espeso que pueda verse en cualquier parte. Y lo tiene perfumado. Fino, espeso y más sedoso que el de cualquier mujer. Se lo juro a usted, señor.

"Además, Eulalia es muy lista. Casi sabe leer y escribe perfectamente bien su nombre. Es muy honesta, eso sí tiene Eulalia. Créame mis palabras, caballero, y muy limpia. Es limpia y muy decente. Nunca va a bañarse al río como su madre y las otras mujeres del pueblo, ¡oh, no, señor! Ella no lo hace porque es muy decente. Acostumbra bañarse en un barril en la casa, sí, y dos veces por semana. También se lava el cabello y entonces se lo cepilla horas y horas enteras. No tiene piojos, no, señor; uno o dos tal vez, pero no muchos.

Con gusto hubiera yo pagado un peso por saber cómo y cuándo saldría nuevamente a luz el asunto del perro. Porque era eso lo que perseguía a pesar de que ya ni siquiera miraba a los animalitos, pretendiendo desviar mis sospechas.

—La vida está muy cara, señor. ¿No le parece? Eulalia, mi hija, es muy económica. Sí, señor míster. ¿Cuánto cobra doña Cecilia en su fonda por una comida corrida? ¿Sabe usted, señor? Sin duda que lo ignora. A mí me lo dijeron unos arrieros, y aunque usted no lo crea, cobra sesenta y cinco centavitos, ¡Sesenta y cinco centavos por una sola comida y sin agua de tamarindo, que hay que pagarla aparte!

"Ahora, vea usted, señor. Con sesenta y cinco centavitos, Eulalia, quiero decir, mi hija, puede cocinar por lo menos tres comidas, si no es que cuatro, y mucho mejores que las de esa puerca doña Cecilia, y además con las sobras puede usted alimentar a todos sus perros. Eulalia es diez veces mejor cocinera que su madre, sí, señor míster. Debería usted ver y probar las tortillas que ella hace. Son tan delgadas y sabrosas como usted no puede imaginarse. ¿Y los frijoles que cocina? ¡Por mi alma! Cuando uno empieza no deja de comerlos hasta reventar. Son tan suaves como la mantequilla más fina. En cuanto a ahorrativa, no hay otra como ella, es económica hasta con el jabón cuando lava la ropa. Le queda blanquísima con sólo un pedacito así de jabón barato. Yo no comprendo cómo puede hacerlo, pero ella lo hace. Y sabe perfectamente llevar la casa.

Su dicho era confirmado por su apariencia personal, pues aun cuando su calzón y su camisa de manta estaban viejísimos, aparecían bien remendados y muy limpios. Perfectamente lavados. Resta saber si ello se debía a la laboriosidad de Eulalia o a la de su madre. También su bien alimentado cuerpo y su sonrisa despreocupada ponían de manifiesto que en su casa había una buena cocinera.

—Yo y la mujer lo hemos pensado toda la noche —continuó—. Imaginamos que debe usted sentirse muy solo y que, además, no conviene a un caballero como usted cocinar y lavar. Y después de pensarlo más y más, yo y la mujer decidimos que la cosa no podía quedar así, y por eso pensamos enviar a usted a Eulalia para que haga todo el trabajo de la casa.

Cada vez se alejaba más del asunto del cachorro, pero conocedor de la gente de su clase, estaba seguro de que en cualquier momento volvería a la carga.

—Es una vergüenza vivir solo, señor, créame. No resulta bien pa ningún hombre sano. Y además, el hombre que vive solo comete un gran pecado, va en contra de la salud. No debe ser, señor, yo entiendo de esas cosas. Si le compra usted a Eulalia un catre, con sólo un catre y desde luego una cobija, puede quedarse aquí hasta de noche, y así podrá empezar a trabajar muy temprano, cuando haga fresco. A mí no me preocupa que se quede aquí toda la noche porque usted es todo un caballero. Por supuesto que tendrá que pagarle un sueldo porque ella no va a trabajar de balde y sólo por la comida que usted le da. Ella necesita comprar sus cosas: vestidos, jabón y todo eso.

Respecto a la permanencia de la muchacha durante la noche, pensé que ello podría traer consigo numerosas complicaciones y que, de no tener un gran cuidado, podría llegar el día en que tendría que sostener no solamente a Eulalia y a sus padres, sino a toda su parentela formada por dieciséis o dieciocho miembros. Conozco a americanos, a ingleses y, créanlo o no, hasta a un escocés, sólo a uno, que se encuentran atrapados de esa forma sin poder escapar. Pero bien podía ella ir en la noche a dormir a su casa y regresar por la mañana para hacer el trabajo.

La idea no era mala. Además, las conveniencias explicadas por Crescencio me seducían. La verdad, yo perdía mucho tiempo cocinando y lavando, y resultaba tonto, pues una sirvienta podía hacerlo, y mucho mejor que yo. Tenía verdaderos deseos de investigar las propiedades medicinales de aquella gran cantidad de plantas tropicales y no disponía de tiempo para hacerlo, pues eran muchas las cosas que debía atender.

—¿Cuánto querrá ganar Eulalia? —pregunté a Crescencio, quien, en último término, era el que decidía este asunto.

—Yo creo que doce pesos al mes no serían mucho. ¿Qué le parece a usted el trato, señor?

No contesté inmediatamente porque me quedé pensando en el sueldo de una sirvienta en mi tierra y que sería aproximadamente de quince a la semana, y no pesos, sino dólares.

Crescencio, viéndome reflexionar, pensó que su alusión a la suma me había dejado sin habla y sin aliento, y dijo, tratando de disculparse:

—Bueno, señor, podemos discutirlo, no fue mi última palabra. Digamos nueve pesos al mes. O... —con los ojos casi cerrados me vio, tratando de adivinar si aceptaría su proposición—, o... o... bueno, que sean siete cincuenta. No creo que sea mucho pagar por los montones de trabajo que hay que hacer aquí, todo se encuentra sucio y en desorden, pero no se ofenda, señor, eso es natural cuando no hay mujeres en casa, yo no trato de culparlo.

—Bueno —dije—, la probaré, porque vea, Crescencio, yo no conozco a Eulalia. La dejaré trabajar dos semanas, si resulta buena cocinera, podrá permanecer aquí todo el tiempo que yo viva en este sitio, y que será aproximadamente un plazo de seis u ocho meses.

—Ya sabía yo que aceptaría. Yo y la mujer sabemos lo que un hombre quiere y necesita. Ahora me voy, regreso a casa para mandarle a Eulalia enseguida. Tendrá ya tiempo de cocinar la comida de hoy. Fíjese usted bien con qué cuidado hace todo. Su madre la ha enseñado a cocinar y a trabajar muy bien, muchísimo muy bien. Ya en la mañana, antes de que los primeros rayos del sol nos toquen y mucho antes de que las gallinas despierten, ella se encuentra en pie, trabajando y trabajando. Ya verá usted por sí mismo y le gustará muchísimo. Bueno, como iba diciendo, tengo que irme.

Me sentí como atontado. Todo aquello me resultaba inesperado, y algo en aquel trato me parecía inadecuado, pero no podía determinar la causa. Si no hubiera hablado respecto a su deseo de tener un perrito, su proposición no me habría parecido extraña; era sólo su pretensión manifestada un día antes lo que me hacía sospechar, pues, sin duda, algo tenía que ver todo aquello con el ofrecimiento que me hacía de su hija para que me sirviera como cocinera. Y cuando dijo que se marchaba sin hablarme del perrito, me sentí completamente desilusionado, pues siempre me atribuí la facultad de leer los pensamientos de los indios con tanta facilidad como quien lee en un libro abierto.

Había caminado alrededor de cincuenta pasos cuando se detuvo y volviéndose, dijo:

—De paso, señor míster, ¿no cree usted justo pagar algo adelantado a Eulalia? Como usted comprenderá, señor, ella tiene que hacer algunos gastos para arreglar sus cositas. Tendrá que comprar un delantal nuevo o sabe Dios qué necesite, ya su madre sabrá decirle. Creo que con medio mes de sueldo le alcanzará.

—Mire, Crescencio: no le puedo hacer ningún adelanto porque no conozco a Eulalia, ni siquiera sé si ella está dispuesta a venirse a trabajar para mí. Puede ocurrir que no nos entendamos y que yo tenga que regresársela. No, Crescencio, no le pagaré nada adelantado, ya recibirá su sueldo al final de cada semana si así lo desea, pero hacerle adelantos, definitivamente no.

Crescencio, al parecer, se hallaba preparado para mi contestación negativa, porque no se afectó, mostrándose, por el contrario, afable al decir:

—Pero, señor, ¿he de ser yo, un pobre indio ignorante quien haya de decir a usted las verdades acerca de este mundo? Ya es costumbre bien conocida que cuando se contrata a una criada, se le paga un pequeño adelanto; podría decirle que casi es una costumbre sagrada, algo que se hace para cerrar bien un trato. De otra manera no quedaría prueba alguna de él, sobre todo en este caso, ya que yo no sé ni leer ni escribir. Yo creo que con dos pesos la cosa queda bien. ¿Qué le parece, señor?

—Bueno, Crescencio, ya que eso es aquí una costumbre, y para demostrarle que no pretendo contradecir los usos de las gentes de este lugar, le daré algo adelantado, pero no más de un peso plata para ratificar nuestro trato.

Fui a traer el peso y lo entregué a Crescencio.

Él lo tomó, lo mordió para cerciorarse de que no era de plomo y dijo:

—¡Mil gracias, señor míster! —después de lo cual salió.

Nuevamente, no había caminado mucho cuando regresó. Esta vez mirando a los cachorros como si tratara de hipnotizarlos.

Sin decir palabra se aproximó a ellos, y con movimiento seguro tomó aquel que con anterioridad había tenido en los brazos el día anterior.

—Perrito lindo —dijo sonriendo y acariciándolo—. De ayer a hoy ha crecido algo, ¿verdad, señor? ¡Mírele qué dientes más afilados!

Le tocó la dentadura con los dedos y, haciendo gestos cómicos, gritó:

—¡Oh, ah, bichito travieso! ¿Por qué me muerdes?, ¡diablillo! No, no, no muerdas los dedos de tu amo, porque todavía me sirven.

Mirándome de reojo y con los dedos aún en la boca del perrito, dijo:

—¡Caramba, señor, tiene dientes afilados, parecen cuchillos! Mire, fíjese cómo lucha para escaparse de los brazos de su amo. Pero no lo lograrás, mañoso, no lo lograrás, no, señor. Por la Santísima, éste sí que será un buen cazador de bandidos, y en adelante todos los días, con su ayuda, voy a tener montones de conejos. Oiga usted, señor, qué voz más ronca tiene; hará temblar a los tigres. Nunca vi en toda mi vida un perrito como este. ¿Cuánto dijo usted que quería por él? ¿Un peso plata? Me parece un pecado, es una barbaridad pedir tanto dinero por un animalito inútil que sólo sabe comer y comer y destruir todo lo que se ponga a su alcance.

Pero, de cualquier modo... —suspiró profunda y tristemen-
te—, de cualquier modo, señor, ya que usted insiste en que
sea un peso, ¿qué puedo yo hacer? Yo soy muy pobre, muy
pobrecito. Un peso es mucho dinero, mucha plata. No comprendo cómo puedo pagar tanto dinero por un perro que de
ello sólo tiene el nombre, ya que no sabe ni ladrar ni morder
ni sirve para nada todavía. Pero me quiere tanto el pobrecito,
que si no me lo llevo estoy seguro de que se muere. Eso sería
pecar. No puedo abandonar este inocente animalito. Bien, ya
que usted no quiere rebajar ni un centavo, aquí tiene su peso.

Sacó el peso que sólo unos minutos antes le había yo en-
tregado, y cuya procedencia había tratado de hacerme olvidar
con su larga plática acerca del perrito y de sus dientes.

Tomé el peso, mi peso.

—Bueno, señor —dijo llevando consigo al perrito—, ahora
es mío, ¿verdad, señor? Lo he comprado, ¿cierto? Le he entre-
gado a usted el dinero que por él pedía. ¿Correcto?

—Sí, Crescencio, el perrito es suyo, usted me ha pagado
por él, honradamente. Así, pues, el trato está cerrado. Ahora,
váyase y mándeme a Eulalia cuanto antes. Me gustaría que
comenzara a trabajar desde luego y cocinara ya la comida del
mediodía.

—No se preocupe, señor, la mandaré enseguida. Soy su
padre y ella hará lo que yo le ordene. Estará aquí antes de una
hora con todas sus cosas y se pondrá a trabajar ahoritita.

Así partió.

Esperé una hora, dos, tres, y seguí esperando.

Ya me había engreído con la idea de que alguien hiciera el
trabajo doméstico. Me había animado con la idea de tener en
casa a una muchacha y de oírla cantar, hablar, arrastrar las
cosas y hacer sonar los trastos. Comenzaba a sentirme solo

sin su presencia, aun cuando nunca la había visto, la extraña-
ba ignorando aun su apariencia.

Cuando transcurrieron cuatro horas de nerviosa espera, no
pude contener más mi impaciencia. Tal vez algo terrible le
había ocurrido. Posiblemente una horda de bandidos había
entrado arrasando el pueblo y llevándose a Eulalia.

Así, pues, me dirigí al pueblecito. Todo estaba en calma,
como siempre, tostándose a los rayos del sol tropical. Los gallos
se paseaban perezosamente, los guajolotes parecían hacer gár-
garas, los burros rebuznaban y los perros ladraban y aullaban
con aburrimiento. De vez en cuando se oía llorar a un niño.

Llegué al jacalito de Crescencio. A la fresca sombra del
techo de palma lo encontré sentado en cuclillas con la gloriosa, imperturbable e inimitable pereza de los nativos del
trópico. Jugaba con el cachorrito y ponía tanta atención en ello,
que parecía dedicado a la tarea más importante del mundo.

Al verme dijo, sin la menor alteración ni en la voz ni en la
expresión de su cara y usando toda esa graciosa cortesía que
constituye la segunda naturaleza del indio:

—Pase, señor, pase por su casa, aquí todos estamos a sus
muy amables órdenes.

Yo, desprovisto de esa calma que sólo la cultura verdadera,
nacida del corazón, proporciona, estallé inquiriendo:

—¿Dónde está Eulalia? Me prometió mandarla inmediatamente, ¿no es verdad?

—Eso es exactamente lo que le prometí, señor, y lo que
hice en cuanto llegué a casa.

—Bueno, pues aún no llega.

—Yo no tengo la culpa, señor. Yo la mandé enseguida, pero
ella me dijo, ¡y lo dijo con un descaro!, que ella no quería ser
cocinera de ningún gring..., es decir, que no quería cocinar y

trabajar con ningún americano. ¿Qué podía yo hacer, señor? Dígame. Eulalia es ya una mujer y sabe usted que las mujeres en nuestros días tienen sus ideas. Nunca hacen lo que deben y lo que sus padres les ordenan. Los padres ya no tenemos mando alguno sobre ellas. Todas esas ideas raras las han tomado de las gringas, quiero decir, de las mujeres de su país —y movió la cabeza en la dirección en que suponía podría encontrar a los Estados Unidos, caminando lo suficiente—. Se lo juro que la mandé luego, luego, como lo había prometido. Pero no es un burro, yo no puedo arriarla hasta la casa de usted con un palo en la mano cuando ella se niega a trabajar pa usté. Pero por la Madre Santísima —dijo, besándose el pulgar—, juro que cien veces la mandé como se lo prometí. Pero ella no quiere dejar la casa pa ir a vivir y a trabajar a otro lado. Y si la envié enseguida fue porque así se lo había prometido a usted, y yo cumplo con mi palabra.

—En ese caso, Crescencio, tiene usted que devolverme el peso que le di por el contrato.

—¿De qué peso habla usted, señor? Ah, sí, ya recuerdo, el peso de Eulalia. Pero no recuerda usted, señor, que yo se lo di cuando compré el perrito y que usted dijo: "Está bien, Crescencio". Eso es lo que usted dijo.

Me sentí aturdido, pensé que algo raro debía haber en lo que yo había aprendido acerca del comercio moderno en el curso por correspondencia que seguía. De momento, sin embargo, no pude abarcar bien la situación en la que me había metido y de la que sabía no podría salir muy airoso.

No obstante, algo de lucidez quedaba en mi cerebro y pude decir:

—Si no me devuelve el peso del contrato, Crescencio, tendrá usted que devolverme el perro.

—¿El perrito? —pareció dudar de mi razón a juzgar por los ojos azorados con que me miró—. ¿El perrito? —repitió en un tono como el que podía emplear para hablar a un fantasma—. ¿El perrito, señor? ¿No habla usted del que tengo aquí en el suelo? ¿Pero no recuerda usted que sólo esta mañana se lo compré y le pagué por él un peso plata, el precio exacto que usted me pidió? ¿No se acuerda, señor míster? Entonces usted dijo: "Está bien, Crescencio". Eso fue lo que usted dijo exactamente. Y agregó que el perrito era mío, ya que lo había yo comprado honradamente pagando por él un peso plata.

Recapacité y comprendí que desde cualquier punto de vista que se le viera, Crescencio tenía razón. Pero me quedé con la idea de que algo anda mal en el curso comercial por correspondencia que titulaban "El Vendedor Perfecto".

DOS BURROS

Faltando una semana para poder recoger la cosecha por la cual había yo trabajado tan duramente, se me presentaron una mañana dos hombres armados con escopetas. Uno de ellos me dijo que era el propietario de las tierras en las cuales había yo sembrado, y que si en veinticuatro horas no abandonaba el lugar, me haría encarcelar.

Por este contundente motivo mis esperanzas de vivir tranquilamente en este lugar mientras reunía el dinero suficiente para comprarlo, u otro semejante, se desvanecieron al igual que el producto de la cosecha, que valía seiscientos pesos en plaza. El dueño del lugar la reclamó para sí sin darme ni una mínima parte. Lo único que pude recoger en tan corto plazo fueron mis aperos y mis cabras, que llevé a vender al pueblo y bien poco obtuve por ellos.

Allí me informaron que este señor antes jamás se había ocupado de esa tierra, ni le era posible rentarla, y que la única razón por la cual me había hecho salir de ella era porque deseaba beneficiarse con mi trabajo.

Tuve nuevamente la necesidad de recorrer otros rumbos en busca de un sitio en donde establecerme y vivir en paz el resto de mi vida.

Fue así como di con los rastros de lo que seguramente había sido un ranchito. Estaba desierto y las casas habían sido saqueadas y destruidas durante la Revolución. Nadie parecía saber de aquel lugar excepto quizá la gente que debía poseer el título de propiedad. Tampoco pude saber quién lo había abandonado o, en fin, a quién pagar el alquiler. No era que me preocupara esto mucho, francamente. La verdad es que simplemente tomé posesión.

Eso sí, todos los vecinos del lugar a quienes les pregunté me explicaron que ninguno de ellos tenía interés en esas tierras, pues todos tenían suficiente y que si ocupaban más, esto sólo les aumentaría el trabajo y las preocupaciones.

En estas ruinas no quedaba un solo techo, de allí que yo viviera en el pueblo en un jacal destartalado que parecía esperar abnegadamente que algún huracán llegara a aliviarlo de sus sufrimientos.

Deseo aclarar que por el jacal pagaba exactamente la misma renta que por el ranchito, pero considerando el estado en que se encontraba, la renta me parecía excesivamente cara. Hay que tener en cuenta, desde luego, que las casas en los pueblos o en las ciudades siempre cuestan más que las del campo.

En estos contornos todos los campesinos indios poseen burros. Las familias a las que se considera acomodadas, suelen tener de cuatro a seis, y ni a las más pobres les falta siquiera uno.

La dignidad de esos campesinos les obliga a montar en burro, aun cuando tengan que recorrer sólo cien metros.

Naturalmente, esa dignidad se basa, en gran parte, en el agotante clima tropical, pues si a determinadas horas del día se tiene necesidad de caminar diez minutos bajo ese ardiente sol, es suficiente como para exclamar: "Se acabó, por hoy he terminado. ¡No puedo más!".

La tierra que yo trabajaba y con cuyos productos pensaba enriquecerme rápidamente, se encontraba a cerca de dos kilómetros de distancia del jacal que habitaba y que, como dije antes, se hallaba en el pueblo.

Pronto empecé a sentirme humillado al ver que todos los campesinos indios montaban en burro cuando se dirigían a sus milpas, en tanto que yo, y según ellos, americano blanco y distinguido, caminaba a pie. Muchas veces me percaté de que los campesinos y sus familias se reían a mis espaldas cuando me veían pasar frente a sus jacales cargando al hombro pala, pico y machete. Finalmente, no pude soportar más que se me mirara como a miembro de una raza inferior, y decidí comprar un burro y vivir decentemente como los otros individuos de la comunidad.

Pero nadie vendía burros. Todos los ya crecidos eran utilizados por sus propietarios, y los chiquitos, de los que tal vez habría podido comprar uno, todavía no estaban lo suficientemente fuertes para trabajar.

Todos los burros del pueblo andaban sueltos sin que nadie los cuidara. Es decir, sus propietarios los dejaban libres día y noche para que se buscaran ellos mismos el sustento, y cuando necesitaban alguno, enviaban a un chamaco con un lazo para que lo trajera.

Entre esos burros, hacía tiempo que yo había descubierto uno, al parecer sin dueño, pues nunca vi que alguien lo utilizara para cargar o lo montara.

Era sin duda el más feo de su especie. Una de sus orejas, en vez de estar parada, le caía sobre un lado y hacia afuera, en tanto que la otra, rota quizá durante algún accidente sufrido en la infancia, le colgaba como un hilacho. Seguramente había sido sorprendido en la milpa de algún campesino, quien, enojado, debe haberle propinado un machetazo causando aquel daño que le impedía levantar la oreja.

Pero lo más feo en él era su anca izquierda, pues tenía en ella un tumor voluminoso que se le había originado quizá por la mordedura de una serpiente venenosa, la picadura de un insecto o la soldadura defectuosa de algún hueso roto años atrás. Cualquiera que haya sido la causa, su aspecto era horrible.

Tal vez, debido a su completa independencia, a su ilimitada libertad y a su existencia de vagabundo, aquel burro era el rey despótico de sus semejantes en la región. Al parecer, consideraba de su propiedad a todas las hembras. Nada temía, y como era el más fuerte de todos, trataba brutalmente a los machos que intentaban invadir lo que en su concepto era exclusivamente de sus dominios.

Un día, dos muchachitos indios traían del bosque una carga de leña atada al lomo de un burro. La carga era demasiado pesada o tal vez el burro consideró que era mucho trabajar y se tumbó en el suelo, y ni buenas palabras ni malos azotes lo indujeron a levantarse y transportar la carga. Fue en esa desesperada situación cuando uno de los chicos descubrió, no lejos de allí, merodeando entre las hierbas, al dichoso burro. Le ataron al lomo la carga que su propio burro, por debilidad, pereza o terquedad, no había querido llevar. El feo aguantó la carga y la llevó trotando alegremente, como si no le pesara, hasta la casa de los muchachos. Al llegar lo descargaron. Como no daba señales de querer abandonar el sombreado lugar y parecía feliz de haber encontrado al fin un amo, lo tuvieron que echar a pedradas.

Yo regresaba del bosque por el mismo camino tomado por los muchachos y tenía que pasar frente al jacal que éstos habitaban, por eso me pude dar cuenta de lo ocurrido.

Entré al jacal en donde encontré al padre de los muchachos haciendo petates.

—No, señor, ese burro no es mío. Que Dios me perdone, pero me avergonzaría poseer una bestia tan fea. Créame, señor, hasta calosfrío me daría tocarlo simplemente. Parece el mismísimo demonio.

—¿No sabe usted, don Isidoro, quién será su propietario?

—Esa bestia infernal no tiene dueño, nunca lo ha tenido. No hay ningún pecador en este pueblo capaz de reclamarlo. Tal vez se extravió, o se quedó atrás de alguna recua que cruzó por aquí. Realmente no sabría decirle. Ese animal debe tener cuarenta años, si no es que más. Da muchísima guerra. Pelea, muerde, patea y persigue a los burros pacíficos y buenos y los hace inquietos, testarudos y rebeldes, pero, lo que es peor, echa a perder a toda la raza. Como le decía antes, señor, yo no soy su dueño e ignoro a quién pertenece, y, además, nada deseo saber acerca de ese horrible animal. De cualquier forma, creo que no tiene dueño.

—Bueno —dije—, si no tiene dueño, me lo puedo llevar, ¿verdad, don Isidoro?

—Lléveselo, señor. Que el cielo sea testigo de lo que estoy diciendo y que la Virgen Santísima lo bendiga. Todos estaremos contentos cuando se lleve usted a esa calamidad. Le agradeceremos que lo guarde y no lo deje que ande haciendo daños.

—Perfectamente, entonces me lo llevo.

—Amárrelo bien, porque le gusta meterse a las milpas en la noche, y eso es algo que a ninguno de nosotros agrada. Adiós, que el Señor lo acompañe.

Así, pues, me lo llevé. Quiero decir, al burro feo. Fui a la tienda y le compré maíz. Me pareció leer en su expresión agradecimiento por tener, al fin, amo y techo. Era lo bastante inteligente para darse cuenta inmediata de que tenía derechos en el corral, pues siempre regresaba voluntariamente cuando iba en busca de pasto o a visitar su harem.

Pasó una semana, al cabo de la cual el domingo por la tarde uno de los vecinos me visitó. Me preguntó cómo iban mis jitomates; me dio noticia de los acontecimientos que le parecían más notables; me contó que tenía necesidad de trabajar mucho para irla pasando; que su hijito menor tenía tos ferina, pero que ya iba mejor; que la cosecha de maíz de ese año no sería tan buena como la anterior; que sus gallinas se habían vuelto perezosas y ya no ponían como solían hacerlo, y terminó diciendo que estaba seguro de que todos los americanos eran millonarios.

Cuando me hubo hablado de todas esas cosas y cuando ya se disponía a salir, señaló a mi burro, que masticaba con expresión soñadora su rastrojo a poca distancia de nosotros y dijo:

—Usted sabe que ese burro es mío, ¿verdad?

—¿De usted? No, ese burro no es suyo, él no tiene dueño. Es un animal muy fuerte, no será precisamente una belleza, pero fuerte sí que es, y vuelvo a repetirle que no es suyo.

—Está usted muy equivocado —dijo con expresión seria y voz convincente—. Ese burro es mío, por San Antonio que lo es. Pero veo que a usted le gusta y estoy dispuesto a vendérselo muy barato, deme quince pesos por él.

Un burro fuerte y sano cuesta en esa región de treinta a cincuenta pesos, y muchas veces hasta más que un caballo regular. Así, pues, pensé que lo mejor que podía hacer era comprar el burro a su dueño y evitar futuras dificultades.

—Mire, don Ofelio —dije—, quince pesos son mucho dinero tratándose de un burro tan feo; la sola vista de su horrible tumor produce náuseas. Le daré dos pesos por el animal y ya es mucho pagar por ese adefesio. Nadie, a excepción de un idiota, le daría un centavo más. Y si no quiere venderlo a ese precio, lléveselo.

—¿Cómo podré llevarme a ese pobre burro, sabiendo que usted lo quiere tanto? Me daría mucha pena separarlos.

—Dos pesos, don Ofelio, y ni un centavo más.

—Cometería yo un pecado mortal en contra del Señor si le vendiera un animal tan fuerte por dos pobres pesos.

Hacía dos horas y media que discutíamos, ya empezaba a oscurecer y, finalmente, Ofelio dijo:

—Bueno, solamente porque usted me simpatiza puedo vendérselo en cuatro pesos. Esa es mi última palabra, la Santísima Virgen sabe que no puedo rebajarle ni un centavo más.

Le pagué, y Ofelio se marchó, asegurándome que estaría siempre a mis respetabilísimas órdenes y diciéndome que debía considerar su humilde casa y todas sus posesiones terrestres como mías.

No habían transcurrido dos semanas cuando una tarde en que regresaba del campo, donde había trabajado todo el día, acompañado de mi burro cargado de calabazas para alimentar a mis cabras, encontré a Epifanio, campesino también y residente en el pueblo.

—Buenas tardes, señor. ¿Mucho trabajo?

—Mucho, don Epifanio. ¿Cómo está su familia?

—Bien, señor, gracias.

Cuando arreé al burro para que caminara nuevamente, Epifanio me detuvo y dijo:

—Mañana necesito el burro, señor, lo siento, pero tengo dos cargas de carbón en el bosque y necesito traerlas.

—¿A qué burro se refiere?

—A ese que lleva usted, señor.

—Lo siento, don Epifanio, pero yo también lo necesito todo el día.

Sin cambiar el tono de su voz y con toda cortesía dijo:

—Ese burro es mío. Y estoy seguro de que un caballero digno y educado como usted no tratará de quitarle a un pobre indio, que no sabe ni leer ni escribir, su burrito. Usted es todo un caballero y no hará nunca cosa semejante. No puedo ni creerlo, perdería la fe en todos los americanos y mi corazón se llenaría de tristeza.

—Don Epifanio, no dudo de sus palabras, pero este burro es mío, se lo compré a Ofelio por cuatro pesos.

—¿A Ofelio, dice usted, señor? ¿A él, a ese ladrón embustero? Es un canalla, un desgraciado, un bandido. Acostumbra robar la leña a la gente honrada que ningún daño le ha hecho, eso es lo que acostumbra hacer ese bandolero. Y ahora lo ha estafado a usted. No tiene honor, no tiene vergüenza, le ha vendido a usted este pobre burrito a sabiendas de que es mío. Yo crié a este animal, su madre era mía también y ese ladrón de Ofelio lo sabe bien. Pero escuche usted, señor, yo soy un ciudadano honrado, pobre pero muy honrado. Soy un hombre decente y que la Virgen Santísima me llene de viruelas inmediatamente si miento. Ahora, si usted quiere, puedo venderle el burro, y quedamos como buenos vecinos y amigos. Se lo daré por siete pesos, aun cuando vale más de veinticinco. Yo no soy un bandido como Ofelio, ese asesino de mujeres. Se lo venderé muy barato, por nueve pesos.

—¿No dijo sólo hace medio minuto siete pesos?

—¿Dije siete pesos? Pos bien, si dije siete pesos, que sea esa la cantidad. Yo nunca me desmiento y jamás engaño.

Algo me hizo maliciar la prisa con que Epifanio trataba de inducirme a cerrar el trato y pensé que antes de pagarle sería conveniente que me diera pruebas de sus derechos sobre el burro. Pero él no quiso darme tiempo para hacer investigaciones, me pidió una respuesta inmediata y categórica. Si era negativa, lo sentía mucho, pero tendría que ir a denunciarme ante el alcalde por haberle robado su burro y no cejaría hasta que los soldados vinieran y me fusilaran por andar robando animales.

Nos bailábamos discutiendo el asunto a fin de encontrar una solución que conviniera a ambos, cuando otro hombre que venía del pueblo se aproximó.

Epifanio lo detuvo.

—Hombre, Anastasio, compadre, diga usted: ¿no es mío este burro?

—Cierto, compadre, podría jurar por la Santísima Madre que el animal es suyo porque usted me lo ha dicho.

—Ya ve usted, señor. ¿Tengo razón o no la tengo? Dígame.

Epifanio pareció crecer ante mis ojos. ¿Qué podía yo hacer? Epifanio tenía un testigo que habría jurado en su favor. Regateamos largo tiempo y, al caer la noche, quedamos de acuerdo en que fueran dos pesos veinticinco centavos. Los dos hombres me acompañaron a mi casa, en donde Epifanio recibió su dinero. Una vez que lo aseguró, atándolo con una punta de su pañuelo rasgado, se fue lamentándose de haber sido víctima de un abuso, ya que el burro valía diez veces más, y diciendo que ellos habrán de ser eternamente explotados por los americanos, quienes ni siquiera creen en la Santísima Virgen y que sólo se dedican a engañar y a estafar a los pobres indios campesinos.

Al domingo siguiente, por la tarde, vagaba descuidadamente por el pueblo y por casualidad pasé frente al jacal que habitaba el alcalde. Éste se mecía en una hamaca bajo el cobertizo de palma de su pórtico.

—¡Buenas tardes, señor americano! —gritó—. ¿No quiere usted venir y descansar un momentito a la sombra? Hace muchísimo calor y a nadie le conviene caminar al sol a estas horas. Está usted comprobando el viejo dicho que dice: "Gringos y perros caminan al sol" —y rio de corazón agregando—: Perdone, señor, no quise ofenderlo, es sólo un decir de gente sin educación, tonterías, ¿sabe? Siéntese cómodo, señor, ya sabe que está en su casa y que estamos aquí para servirle.

—Gracias, señor alcalde —dije; me dejé caer en la silla que me ofrecía y que acaso tendría veinte centímetros de altura.

Empezó a hablar y me enteró de todo lo concerniente a su familia y de lo difíciles que eran los asuntos de la alcaldía, asegurándome que era más pesado regir a su pueblo que a todo el estado, porque él tenía que hacer todo el trabajo solo, en tanto que el gobernador contaba con un ejército de secretarios para ayudarle.

Después de oírlo durante media hora, me levanté y dije:

—Bueno, señor alcalde, ha sido un placer y un gran honor, pero ahora tengo que marcharme, pues tengo que hacer algunas compras y ver si tengo cartas en el correo.

—Gracias por su visita, señor —contestó, agregando—: Vuelva pronto por acá, me gusta conversar con caballeros cultos. A propósito, señor, ¿cómo está el burro?

—¿Cuál burro, señor alcalde?

—Me refiero al burro de la comunidad que usted guarda sin consentimiento de las autoridades. El que monta y al que hace trabajar todos los días.

—Perdóneme, don Anselmo, pero el burro del que está usted hablando es mío, yo lo compré y pague por él mi buen dinero.

El alcalde rio a carcajadas.

—Nadie puede venderle a usted ese burro porque es de la comunidad, y si hay alguien bajo este cielo que tenga derechos sobre él es el alcalde del pueblo, y ese soy yo a partir de las últimas honradas elecciones. Soy yo el único que puede vender las propiedades de la comunidad. Así lo ordena la Constitución de nuestra República.

Comprendí que el alcalde tenía razón, aquel burro estaba extraviado, y como nadie lo había reclamado, había pasado a ser propiedad del pueblo. ¡Qué tonto había sido yo en no pensar antes en eso!

El alcalde no me dio tiempo para reflexionar y dijo:

—Ofelio y Epifanio, los hombres que le vendieron el animal, el burro de la comunidad, son unos bandidos, unos ladrones. ¿No lo sabía usted, señor? Son asesinos y salteadores de caminos que debieran estar en prisión o en las Islas, es ese el lugar que les corresponde —aclaró puntualmente y añadió—: Solamente espero que vengan los soldados, entonces los haré arrestar y procuraré que los fusilen en el cementerio sin misericordia el mismo día. Tal vez me apiade de ellos y les conceda un día más de vida. Deben ser ejecutados por cuanto han hecho en este pacífico pueblecito. Esta vez no se escaparán, no, señor. Lo juro por la Santísima Virgen; sólo espero que vengan los soldados.

—Perdone, señor alcalde. Epifanio tenía un testigo que jura que el burro es suyo.

—Ese es Anastasio, el más peligroso de los rateros y raptor de mujeres, después de que abandonó a su pobrecita esposa. Además, le gusta robar alambre de púas y de telégrafo. Será fusilado el mismo día que los otros. Y le recomendaré al capitán que lo fusile primero para evitar que se escape, porque es muy listo.

—Todos me parecieron gente honesta, señor alcalde.

—Verá usted, señor: es que ellos pueden cambiar de cara de acuerdo con las circunstancias. ¿Cómo pueden haberse atrevido esos ladrones a vender el burro de la comunidad? Y usted, un americano educado y culto debía saber bien que los burros de la comunidad no pueden venderse, eso va contra la ley y contra la Constitución también. Pero no quiero causarle penas, señor, yo sé que a usted le gusta el burro y nosotros no tenemos ni un centavito en la Tesorería, en tal caso, yo tengo derecho de venderle el burro a fin de conseguir algún dinero, porque tenemos algunos gastos que hacer. El burro vale cuarenta si no es que cincuenta pesos, y yo no se lo dejaría ni a mi propio hermano por menos de treinta y nueve. Pero considerando que usted les ha dado bastante dinero a esos ladrones, se lo venderé a usted y nada más a usted, por diez pesos, y así en adelante ya no tendrá más dificultades a causa del burro, porque le daré un recibo oficial con estampillas, sello y todo.

Después de mucho hablar, le pagué cinco pesos. Por fin el burro era legalmente mío. La venta había sido una especie de acto oficial. No había, desde luego, posibilidad de que los pillos a quienes pagara con anterioridad me devolvieran el dinero.

Por aquellos días regresó al pueblo la señora Tejeda. Era una mujer vieja, astuta y muy importante en la localidad. Era mestiza. Todos le temían por su genio violento y por su horrible lenguaje. Era propietaria del único mesón que había en veinte kilómetros a la redonda y en el cual se hospedaban arrieros y comerciantes en pequeño que visitaban el pueblo. La señora Tejeda vendía licores y cerveza sin licencia, pues hasta los inspectores del gobierno le temían.

Había estado ausente durante ocho semanas porque había ido a visitar a su hija casada, que vivía en Tehuantepec.

Escasamente dos horas después de su llegada, se presentó en mi casa hecha una furia.

Desde atrás de la cerca de alambre de púas gritó como si pretendiera levantar a los muertos:

—¡Salga, desgraciado ladrón, venga, que tengo que hablar con usted y no me gusta esperar, perro tal por cual, gringo piojoso!

Vacilé durante algunos segundos, al cabo de los cuales salí, teniendo buen cuidado de permanecer tan lejos de la cerca como las circunstancias me lo permitían.

En cuanto me vio aparecer en la puerta, gritó con voz chillona:

—¿En dónde está mi burro? Devuélvamelo inmediatamente, si no quiere que mande un mensaje a la jefatura militar para que envíen un piquete de soldados y lo fusilen. ¡Rata apestosa, ladrón de burros!

—Pero, señora, dispénseme. Le ruego que me escuche, por favor, doña Amalia.

—Al diablo con su doña Amalia, gringo maldito. Yo no soy su doña Amalia. Traiga acá mi burro, ¿oye? ¿O quiere que le ensarte el cuero con siete plomazos?

—Le ruego que me escuche, señora Tejeda, por favor —después, con una humildad con la que jamás me he dirigido ni al cielo, le dije—: Comprenda por favor, señora Tejeda, se lo suplico. El burro que yo tengo era de la comunidad, no puede ser suyo, comprenda usted, señora. El señor alcalde acaba de vendérmelo y tengo el recibo debidamente firmado, sellado y timbrado.

—¿Dijo usted timbrado? ¡Al diablo con sus timbres! Por un peso podría conseguir una docena y con mejor goma que los suyos. Este alcalde es un ladrón. ¿Cómo pudo ese plagiario, salteador de caminos, violador de mujeres decentes, venderle mi propiedad, lo que me pertenece legalmente? ¡Burro de la comunidad...! ¡Bandido de la comunidad!, eso es lo que es, ladrón de la comunidad, burlador de elecciones, asesino, falsificador de todos los documentos habidos y por haber, ¡perro roñoso!

—Pero vea usted, señora Tejeda.

—Le digo que me devuelva el burro enseguida. No se atreva a decirme que mañana, si no quiere saber quién soy yo y en qué forma trato a los desgraciados como usted.

¿Qué podía yo hacer contra semejante mujer? Nada. Dejé salir al burro. Ella lo pateó en las ancas para hacerlo caminar.

Después me enteré de que a ella nada le importaba el burro, no tenía en qué emplearlo, nunca lo hacía trabajar y jamás le daba ni un puñado de maíz agorgojado.

—Esto es una vergüenza. Estoy rodeada de ladrones, de bandidos, de asesinos y rateros —gritó para que todo el pueblo la oyera, sin precisar a quién se refería. Inmediatamente traté de salvar mi dinero hasta donde fuera posible. Además, le había tomado cariño al burro, que me había acompañado durante las últimas semanas.

Así, pues, para salvar parte de mi dinero y para salvar al burro de un maltrato seguro, dije desde atrás de la cerca:

—Señora, por favor, ¿no quiere venderme el burro?

No me cabía duda de que ella era la auténtica propietaria del animal.

—¿Vender yo mi pobre burro a un ladrón de ganado como usted? ¿A usted, un golfo, bueno para nada, miserable gringo? ¿Venderle a usted mi burrito? Ni por cien pesos oro y aunque me lo pidiera de rodillas. ¡Y no se atreva a dirigirme la palabra otra vez, apestoso!

Después me volvió la espalda, se levantó la ancha falda por detrás como quien termina de bailar un cancán, y se fue todavía profiriendo insultos.

De inmediato me dirigí al alcalde. Ya él estaba enterado de lo ocurrido, pues el teléfono no hace la menor falta a esta gente.

—Tiene usted razón, señor, el burro es de la señora Tejeda. Pero ella no estaba aquí, estaba ausente, y cuando uno se ausenta, muchas cosas pueden ocurrir. Como ella no estaba aquí, nadie cuidaba del burro, así pues era entonces un animal extraviado y, como tal, pertenecía a la comunidad, de acuerdo con los derechos, leyes y reglamentos constitucionales.

—Yo no estoy enterado de sus reglamentos, lo que quiero es que me devuelva los cinco pesos que entraron en la Tesorería.

Él no mostró ni la más leve pena cuando dijo:

—Está usted en lo justo, señor, y tiene todo derecho a que se le restituya su dinero. Esos cinco pesos le pertenecen legalmente. Pero la verdad es que ya no se encuentran en la Tesorería, se emplearon para hacer algunos gastos de la comunidad, ¿sabe usted?

Gastos de la comunidad, ¡vaya! No había visto que se hiciera reparación o construcción alguna desde el día que pagué mis cinco pesos a la Tesorería.

El alcalde se conmovió sin duda al ver los esfuerzos que hacía yo por comprender a qué gastos se refería.

Inocentemente y con una sonrisa infantil en los labios dijo:

—Verá usted, señor: yo necesitaba con urgencia una camisa y un pedazo de suela para huaraches, porque los otros ya no estaban en condiciones de ser usados por un alcalde.

Nada había que oponer a sus razones. Él era alcalde, y como tal, tenía que presentarse decentemente vestido, pues su presencia en harapos habría ido contra la dignidad de su puesto. Habría sido, realmente, una vergüenza para la comunidad a la cual yo también pertenecía. Y el deber de todo ciudadano es guardar la dignidad de su comunidad ante los ojos del mundo. Así, pues, el alcalde había estado en su derecho al emplear mi dinero en lo que a él le pareciera más esencial para la dignidad del pueblo. Ni el más exigente comité investigador lo habría podido condenar por dilapidación de los dineros públicos.

El título de este cuento dice: "Dos burros". El lector se preguntará: ¿y el otro burro? Pues bien, nuevamente anda en busca de algún sitio tranquilo en dónde vivir, pero bien lejos de ese lindo pueblecito oaxaqueño, porque allí su reputación de roba ganado y despojador de gente pobre es desastrosa.

UNA MEDICINA EFECTIVA

Al regresar una tarde del campo, donde había trabajado durante todo el día, encontré junto a la cerca de alambre de púas que rodeaba mi primitiva casita hecha de madera vieja a un indio sentado en cuclillas sobre el suelo. No lo conocía, pues según me dijeron en la noche, era de otro pueblo que quedaba a siete u ocho kilómetros de distancia. Parecía muy pobre, su calzón y camisa de manta estaban desgarrados.

Esperó pacientemente a que desmontara yo de mi burro. Cuando hube desembarazado al animal de su montura, dejándolo libre para que fuera al patio en busca de alimento, el indio se paró, me saludó y, quedándose fuera del alambrado, empezó a hablar. Pero lo hacía tan rápida y confusamente que por un momento pensé que se hallaba trastornado debido, tal vez, a un exceso de mariguana.

Era muy difícil comprender lo que trataba de contarme y cuál era el principio y cuál era el fin de su relato. A medida que hablaba, lloraba desconsolado, hasta que llegó un momento en que sólo pudo balbucir frases incoherentes. Cuando creía yo que había terminado y trataba de entender, me percataba de que aún no llegaba al término de su historia, o más bien de que la recomenzaba o volvía a referirse a acontecimientos intermedios. En aquella forma relató su pena más de doce veces, siempre empleando las mismas frases construidas con un vocabulario que a lo sumo llegaba a las trescientas palabras.

Pronto observé que el pobre no estaba ni ebrio ni adormecido, sino que sufría intensamente.

Cambiaba de tono constantemente y, de vez en cuando, parecía relatar la historia de otra persona. Pero siempre terminaba llorando casi histérico.

—Mire usté, caballero, esa tal por cual, esa desgraciada se ha largado. Se fue con ese jijo, con ese puerco infeliz de Pánfilo. Usté sabe a quién me refiero, señor, a ese que sería capaz de robarle los cuernos al diablo. Pero si no lo conoce, mejor pa usté, porque acostumbra robar alambre de púas, y no sólo alambre, sino hasta los postes del telégrafo, y no se salva ningún puerco que quede a su alcance. Ojalá se llenara de viruelas o le diera una enfermedad terrible.

”Llegué a mi jacal. Regresé del monte... En el monte yo corto árboles pa hacer carbón, carbón que vendo junto con alguna madera cuando encuentro algún agente que me los compre, uno de esos agentes que también son unos ladrones. Regreso cansado y hambriento. Regreso a mi jacalito más hambriento que un perro. Un perro es todo lo que soy, trabajando tanto en el monte.

”No hay tortillas. En la olla no hay frijoles. Nada. Esa es la verdá, señor, nada. Llamo a mi mujer, a esa tal por cual. Nadie me contesta. La busco, no está. El costal en el que guarda sus trapos, su vestido y sus medias rotas, no está. Ella lo colgaba de un clavo. Mi mujer se ha ido. No volverá más. Nunca más, yo lo sé. Está llena de piojos. Sí, tiene muchos piojos. Y yo no tengo tortillas, ni frijoles negros pa llenarme la panza. Se largó, se fue porque es una desgraciada, una sinvergüenza.

"Si supiera con quién se fue esa bruja maldita, me las pagaría. Ya le enseñaría yo a ése a no robar mujeres honestas y decentes que pertenecen a otros hombres. Es mil, mil veces peor que cualquier perro roñoso. Ahora, dígame usté, caballero, ¿quién me hará las tortillas? Eso es lo que quiero que me diga enseguida.

Me hizo la pregunta, pero no esperó mi respuesta. Continuó con su relato, sin tomar aliento siquiera.

—Nadie hará las tortillas ahora. Se ha ido, pero a él lo agarraré y no vivirá pa contar quién lo amoló. Regresé a mi jacal, regresé del monte con tanto calor. Regresé con mucha hambre ¡y con una sed! La sed no me importa. Pero llego y no veo ni tortillas ni frijoles. Se ha ido. Se ha llevado su costal, el mismo costal de azúcar en el que guardaba sus trapos.

En este punto empezó a llorar tan amargamente, que durante dos minutos resultó difícil entender lo que decía, pues su balbuceo era ininteligible. Poco a poco se fue calmando, pero no dejaba de hablar; su charla semejaba la repetición de un disco rayado.

—Regreso a casa. Regreso del monte de duro trabajo, bajo este sol que arde...

—Bueno, amigo —interrumpí antes de que volviera a fluir el torrente de su charla, haciéndome imposible callarlo hasta que llegara a aquella parte del relato en que le era necesario llorar por algunos minutos—. Hablemos de esto con calma. Ya me ha dicho esa triste historia cerca de quince veces. Admito que es dolorosa, pero yo no puedo escucharla mil veces porque tengo mis quehaceres. Todo lo que puedo decirle es que su mujer no está aquí, en mi casa. Entre y cerciórese usted mismo.

—Yo sé, señor, que ella no está en su casa. Un caballero fino y educado como usted jamás tocaría siquiera a una puerca piojosa como ella.

Los piojos parecieron recordarle su historia, y comenzó a contarla nuevamente. Aquello empezaba a fastidiarme y dije:

—¿Por qué diablos ha de contarme a mí todo eso? Vaya a decírselo al alcalde: es él quien debe ocuparse de esos asuntos. Yo soy un simple residente sin ninguna influencia política ni respaldo de algún diputado. No tengo poder y nada puedo hacer por usted. Pida ayuda al alcalde, él detendrá a su mujer. Es su obligación como autoridad del lugar.

—¿El alcalde, señor? Ese es el bruto más grande que hay. Por eso lo eligieron. Le dieron el puesto por ladrón, para que robara. Debiera usté saberlo bien, señor.

—De cualquier forma, amigo, él es quien debe ocuparse de sus dificultades.

—Está usté mal informado, caballero. Usté tiene todo el poder del mundo. Nosotros lo sabemos muy bien. Usté puede sacar con un gancho de alambre las balas de los cuerpos de los rebeldes muertos por los federales y revivirlos. Yo hablo de esos revolucionarios a quienes les llenan la barriga y las piernas de balas. Su mercé sabe lo que quiero decir, no se haga guaje. A los federales les gustaría saber quién es el gringo que ayuda a los bandidos heridos, pero yo no traiciono a nadie, allá los federales que lo averigüen. Pero usté sabe dónde se encuentra mi mujer. Y eso sí me lo va a decir. Dígale que tengo hambre, que regresé cansado de trabajar en el monte, que tiene que hacerme las tortillas y los frijoles, que tengo mucha hambre.

—Bueno, bueno, amigo, tenga calma. Nada más le ruego mucha calma —le hablé como hubiera hablado a un niño—.

El caso es así: yo no vi cuando se fue su mujer, así, pues, como no vi hacia dónde se dirigió, no puedo decirle en dónde se encuentra. Es más todavía, ni siquiera puedo imaginar en dónde se halla. De hecho nada sé, absolutamente nada. No sé cómo es, ni qué apariencia tiene; jamás la he visto. ¿Me entiende? Por favor, amigo, comprenda, no sé nada, absolutamente nada de ella. Gracias por su visita. Y ahora, adiós, estoy muy ocupado.

Me miró con sus ojos oscuros y soñadores, asombrados. Su creencia en la infalibilidad, en la inmaculada perfección de todos los norteamericanos, recibió un crudo golpe. Pero de pronto pareció recordar algo que llevara escondido en el cerebro desde que empezara su relato, y esto era algo que tenía tan íntima conexión con los americanos como el color verde con el pasto tierno.

Así, pues, dijo:

—No soy rico, no, señor. No puedo pagarle mucho. Solamente tengo dos pesos y cuarenta y seis centavos. Eso es todo cuanto tengo en el mundo. Pero le daré toda esta fortuna mía a cambio de su trabajo y de su medicina, a fin de que pueda encontrar a mi mujer y traer nuevamente a mi lado a esa desgraciada, porque tengo mucha hambre.

—No quiero su dinero. Aun cuando me diera mil pesos oro, no podría devolverle a su mujer. No sé en dónde está y, por lo tanto, no puedo decirle que debe hacerle sus frijoles y sus tortillas. Entienda, hombre, yo no sé en dónde está ella.

En sus ojos se reflejaba una sospecha. No sabía si en realidad yo ignoraba el paradero de su compañera, o no quería decírselo por parecerme muy poco el dinero que me ofrecía.

Mirándome de aquel modo durante algunos momentos, pudo al fin sacudir la cabeza como si la sintiera llena de dudas sobre algo que antes le había parecido seguro. Honrándome una vez más con su mirada cargada de sospechas, se marchó al fin, no sin que antes hubiera yo tenido que decirle varias veces que necesitaba cocinar mi comida y que no podía permanecer ocioso, parado allí, escuchando el relato de sus dificultades, para las que yo no tenía remedio.

Días después me enteré de que había recorrido todos los jacales de la aldea contando su historia y añadiendo que el curandero gringo, a quien se tenía en tanta estima, nada valía, ya que ignoraba hasta los asuntos más sencillos de la vida.

Aquella opinión suya fue tomada por los pueblerinos como un insulto dirigido a ellos, ya que yo era el orgullo de toda la comunidad, en la que era considerado como el más grande y sabio doctor sobre la Tierra. No lo tengo por seguro, pero me imagino que esas mismas gentes le aconsejaron que empleara ciertos métodos para que yo pusiera en juego mi gran poder misterioso en su favor.

Al día siguiente, poco después del amanecer, regresó a mi casa, se paró junto al cerco de alambre y esperó pacíficamente a que yo tomara nota de su presencia y saliera a hablarle.

Cuando me vio dando a mi burro su maíz, me habló:

—Dispénseme, señor caballero, sólo quiero hablarle un momento, un pequeño momentito nomás, por favor. Acérquese al alambrado y oiga lo que tengo que decirle. Y más vale que me oiga muy bien, porque hablo en serio, de veras, por la Santísima Madre se lo digo, hablo en serio, porque no he dormido en toda la noche.

Me acerqué al alambrado y noté que tomaba del suelo un gran machete cuidadosamente afilado. Debió haber empleado horas para dar a aquella arma el cortante filo de una navaja de rasurar.

Con el semblante fiero, agitó el machete ante mis ojos en tanto que hablaba. De vez en cuando, y aparentando no poner intención en ello, examinaba el filo con el pulgar mojado, luego se quitaba un cabello de la cabeza y lo cortaba suavemente, casi con sólo tocarlo. Cada vez que hacía aquello me miraba para asegurarse de que yo me daba cuenta del filo de su machete.

—¿Así es que no quiere usté decirme en dónde está mi mujer, señor?

—Parece —contesté con dignidad— que tiene un machete excelente, de acero bien templado.

—Seguro que es de buen acero, y lo hicieron en su país, por eso puede usté juzgar que es del mejor que aquí se puede comprar. No vaya a creer que es alemán, porque esos se desafilan con sólo cortar queso. Eso sí, son muy baratos, pero no se pueden cortar troncos gruesos con ellos. En cambio, con éste puedo hacer todo lo que quiera.

—Déjeme verlo de cerca —le rogué.

Me lo tendió sobre el alambrado, pero sin soltarlo.

—Eso no basta —le dije—. Déjeme tocarlo, yo conozco de acero.

—¡Oh! No, señor. No le permitiré que lo toque. Este buen acero no sale de mis manos, no antes de que yo sepa en dónde se encuentra mi mujer. Pero puede usted tocar el filo.

Me dejó tocar el punto de su machete, pero agarró el mango con sus dos manos para evitar que pudiera quitárselo. Una vez que había yo probado el filo, jaló el machete y dijo:

—Ahora creo que entiende usté que de un solo golpe puedo cortar la cabeza de un burro, como si cortara puro lodo. Ahora que, si se trata de la cabeza de un hombre, aun la de un gringo en vez de la de un pobre burro, le aseguro, señor caballero, que no tendría que emplear ninguna fuerza con este filoso machete. ¿Qué le parece, señor?

—Si quiere mi opinión, le diré que una bala es más rápida y más certera.

—Ya lo sé, pero una bala, sin pistola pa dispararla, no es lo mismo que un buen machete americano. Todos aquí en el pueblo saben que usted no tiene pistola, ni siquiera un viejo trabuco. Si no supiera eso, ni siquiera habría traído mi buen machete. ¿Entiende, caballero?

—Comprendo perfectamente, amigo. Sé que quiere cortar los postes de mi cerca y llevárselos. Pero eso no debe hacerlo, porque sería un robo. Los federales lo fusilarían por ladrón tan luego como vinieran al pueblo, y no tardarán mucho en regresar en busca de bandidos.

—No necesito sus postes y no me los llevaría ni regalados. Están completamente podridos y comidos por el comején, no sirven pa nada. Puedo hallar mejores en el monte.

—Entonces ¿qué quiere? Tengo que desayunar para ir después al campo a ver mis tomates. Necesito darme prisa ahora que hace fresco.

—Cientos de veces le he dicho, señor, lo que quiero. Por eso afilé mi machete. Quiero que mi mujer regrese. Ahora debe usté decirme dónde se encuentra pa que yo la traiga y le dé una buena paliza antes de decirle que vuelva a cocinarme los frijoles.

—Y mil veces le he dicho yo que ignoro en dónde está su mujer.

—¿Así es que insiste usté en que no puede buscarla?

—Eso es lo que le he dicho todo el tiempo, y no tengo nada más que agregar. Nada puedo hacer. ¿No entiende?

—Tal vez no sepa usté en dónde está. Pero estoy seguro de que si quiere, puede decirme dónde está. Yo no le puedo dar mil pesos porque no los tengo, y supongo que tendré que hablarle claro, señor. Si no me dice ahoritita en dónde está mi mujer, lo sentiré mucho por usté, pero no hay más remedio, tendré por fuerza que cortar una cabeza. No sé la cabeza de quién, no sé si será la de usted la que debo cortar de un solo tajo con mi buen machete americano. Bueno, pa hablar claro, sería la cabeza de usted; le juro, por la Virgen, que sería la suya.

Levantó el machete sobre su cabeza y lo agitó como podría hacerlo un pirata borracho en las películas. Aquello era peligroso, me encontraba acorralado. Podía refugiarme en mi casuchita, pero tarde o temprano tendría que salir y allí lo encontraría esperándome. Además, tenía que recoger mi cosecha, y allí también podía estar emboscado. Los de su especie son pacientes, suelen esperar días y semanas hasta cobrar la pieza. ¿Qué le importaba matar a alguien? Se escondería en el monte y, si finalmente era encontrado y lo fusilaban, consideraría que aquel era su destino, el destino al que se le había condenado desde su nacimiento y del que, en su opinión, no podía escapar ni evitarlo. Se encontraba desesperado, no pensaba en ninguna de las consecuencias de su crimen; como un niño testarudo, deseaba ver satisfecho su deseo inmediatamente.

Una vez más le dije lo que le había repetido veinte veces la tarde anterior:

—No vi por dónde se fue su mujer. Así, pues, no puedo decir en dónde se encuentra en este momento.

Pero mi respuesta había perdido el poder que tuviera el día anterior. Seguramente al relatar a los aldeanos la forma en que yo le había contestado, aquéllos le sugirieron la respuesta que debía darme, pues él nunca habría discurrido aquello, porque su desarrollo mental no llegaba a tanto. Sin duda el pueblo todo se hallaba interesado en la clase de medicina que yo le daría o cómo resolvería su problema.

En ese momento decisivo yo ignoraba que él había conversado con los del pueblo acerca de nuestra discusión de la tarde anterior. Sin embargo, por la forma en que me contestó pude ver inmediatamente que aquello no era de su cosecha, y que se lo había aprendido de memoria, porque no sólo empleaba palabras nuevas para él, sino que actuaba como un mal aficionado.

—Mire, señor caballero, si yo mismo hubiera visto el camino que tomaba mi mujer, no tendría que molestar a usté ahora, porque entonces pa nada necesitaba la ayuda de ningún curandero o ningún brujo tampoco. Todos los del pueblo me han dicho que usté es adivino. Me han dicho que tiene usté dos tubitos negros cosidos juntos, y que si mira usté por ellos, puede ver a cualquier hombre, mujer, perro o burro que camine por el sendero de aquel monte lejano. Y que también le es posible ver a las águilas en los árboles, aunque estén a cien leguas de aquí. Además, usté les ha contado a las gentes que algunas estrellas están habitadas, y que esta tierra nuestra es también una estrella, sólo que nosotros no podemos verla como estrella, porque estamos viviendo sobre ella. Todas las gentes lo han visto cuando por las noches usté mira las estrellas con sus tubos negros, para ver lo que las gentes que viven en las otras estrellas están haciendo y cuánto ganado tienen. También les dijo usté que allá en su país, en el norte, hay sabios que con un tubo negro pueden mirar adentro de las gentes y decir si tienen una bala adentro y en dónde está pa que los dolores puedan sacarla sin abrir toda la panza. También les dijo que se puede hablar con otros hombres que se encuentran a miles y miles de leguas sin gritar como yo lo hago ahora y sin usar siquiera alambre de cobre pa hacer correr por él las palabras, como pasa con el telégrafo aquí. Quiero que hable usté luego, luego, y aquí delante de mí, a mi mujer, y que le diga que tengo hambre, que quiero que venga ahoritita en uno de esos coches que vuelan.

Cuando terminó de decir aquel discurso con la dificultad y tropiezos con que debía recitar la lección de catecismo, volvió a agitar su machete a la manera de los piratas, con la clara intención de hacer su demanda imperativa.

¿Qué podía yo hacer? Para defenderme podría haberlo herido, pero entonces todo el pueblo me habría acusado de tratar de matar a un pobre indio ignorante pero honesto, a un pobre campesino que ningún daño me hiciera y que ninguna intención tenía de hacérmelo, que ni siquiera pretendiera insultarme, y que se había aproximado con toda su humildad a uno de sus semejantes para pedirle la ayuda que ningún buen cristiano le habría negado.

Pero algo tenía yo que hacer para salir del apuro. Siendo considerado un gran doctor, sólo tenía que confiar en mi ciencia. Lo que no sabía era qué clase de medicina tendría que emplear para prevenirme de su desesperación y de su machete, de ese machete que dividía los cabellos en forma casi mágica. La medicina empleada debía ser especial, es decir, lo bastante efectiva para salvarnos a ambos al mismo tiempo.

En aquel preciso momento, cuando me daba a pensar cuál sería el dios protector de los galenos honrados para invocarlo, para que me iluminara, brilló en mi mente torturada una chispa: la representación mental de dos tubos negros cosidos juntos en tal forma que parecían uno solo.

—No me tardo, me retiro por un momento —dije—, y entré a mi casa.

Salí llevando entre las manos mi modesto binóculo, y lo porté con gran solemnidad, como si se tratara de un objeto sagrado, del mismísimo cáliz.

Con los ojos fijos en la lejanía y medio vueltos hacia las nubes, me aproximé al alambrado cerca del cual mi paciente me esperaba. Lo miraba de reojo para observar su reacción, y saber la cantidad de medicina que debía administrarle.

Poniendo cara de profeta, murmuré dirigiéndome a mi binocular en un lenguaje que bien hubiera podido ser tomado por afgano. Elevé el aparato sobre mi cabeza con los ojos vueltos al cielo, y después lo agité en círculo.

Me percaté de que el indito observaba todos mis movimientos con asombro creciente. Llegó un momento en que creí que la dosis era exagerada y que caería en mis brazos suplicándome que cesara de actuar, por temor a que se le apareciera de pronto algún fantasma o algún pariente muerto.

Pero no habiéndome detenido, tuve que seguir administrándole el medicamento gota por gota.

Con el binóculo firmemente puesto sobre los ojos, me incliné y busqué en el suelo, caminando en círculo. Después elevé la cabeza lentamente hasta poner los gemelos en posición horizontal y di tres vueltas más. Examinando de aquella manera todos los rincones del mundo, dije en voz alta, para que él me oyera:

—¿Dónde estás, mujer? ¡Contesta o te obligaré a hacerlo por medio del cielo o del infierno!

Otra idea cruzó mi mente en aquel instante y pregunté:

—¿En dónde queda su pueblo, amigo?

Trató de contestar, pero la excitación no se lo permitió, no obstante que tenía la boca bien abierta. Tragó saliva y al fin señaló con el brazo hacia el norte.

Así, pues, decidí que su mujer se encontrara rumbo al sur, a fin de que la medicina fuera efectiva en beneficio de ambos.

De repente grité:

—Ya la veo. Por fin, allí está. Pobrecita. ¡Oh, pobre mujer! Un hombre la golpea cruelmente. No sé quién es el hombre, pero tiene bigote negro. Estoy seguro de haberlo visto una o dos veces en este pueblo. ¡Oh, demonio de hombre, cómo le pega! Ella grita fuertemente: "¡Ay, mi querido marido, ven, ven pronto, ayúdame. Sálvame de este bruto que me llevó por la fuerza y sin mi voluntad. Quiero regresar a casa y cocinar tus frijoles porque debes estar hambriento después de trabajar tanto en el monte. Ayúdame, ayúdame, ven pronto!". Eso es lo que ella dice. Oh, esto es terrible, no puedo soportarlo más.

Como agotado por el trance que aparentemente acababa de sufrir, yo respiraba con dificultad, al mismo tiempo que retiraba el binocular de mis ojos.

El hombre, con el sudor corriéndole por el rostro, gritó como loco:

—¿No se lo dije, señor dotor? Ya sabía yo que había sido ese maldito de Pánfilo quien la había raptado. Él tiene el bigote negro. Ya lo sabía yo, él anduvo detrás de ella desde que llegamos a este lugar. Siempre estuvo rondándola, se paseaba cerca de la casa mientras yo estaba en el monte. Todos los vecinos lo sabían y así me lo dijeron. Yo no he afilado mi machete sólo por gusto. Bien sabía yo que necesitaría cortar la cabeza de algún tal por cual. Ahora tengo prisa por salvarla y atrapar a ese malvado. ¿En dónde está, señor? Dígame, pronto, pronto. Pregúntele, dígale que voy por ella enseguida.

Volví a mirar a través de mi binocular y a murmurar algunas palabras como si interrogara a alguien. Entonces dije:

—Está a mil leguas de aquí. El hombre del bigote negro se la llevó más y más lejos de aquí, tal vez en un carro con alas. Dice que está en Naranjitos, allá en aquella dirección. —Señalé al sudoeste—. Está solamente a mil leguas de aquí, y el camino que hay que recorrer no es muy pesado.

—Bueno, señor, entonces dispénseme, pero ahora tengo prisa, muchísima prisa, porque tengo que salvarla y cortarle la cabeza a ese desgraciado de Pánfilo.

Levantó su morral del suelo, en el que guardaba todo cuanto poseía en el mundo, cosa que facilitaba su vida y que le habría ayudado a ser verdaderamente feliz de no haber sido por las mujeres, que jamás se satisfacen con tan poco y andan siempre en pos de mobiliario costoso y de los refrigeradores que ven anunciados.

Se mostraba en extremo inquieto. Así, pues, consideré conveniente darle una dosis más de la medicina.

—Corra, amigo, apúrese o no la encontrará. Y no se atreva a detenerse en el camino, ya sabe usted que tendrá que caminar más de mil días. Ese bandido pretende llevársela más lejos aún. Más vale que se vaya enseguida.

—Así lo haré, señor, así lo haré enseguida, ya que usté lo dice. Me iré ahoritita.

Levantaba sus pies del suelo, uno después del otro, como si se posaran sobre brasas. Yo sabía que algo lo detenía aún, pues de no ser así, se habría hallado ya a un kilómetro de distancia.

Era su cortesía, la cortesía del hombre primitivo, la que lo retenía aún.

Después de empezar varias veces de forma torpe, que al parecer no le satisfacía, pudo hallar al fin las palabras adecuadas.

—Muchas, muchas, mil gracias por su magnífica medicina, señor.

La palabra *magnífica* parecía ser una de las que había aprendido la noche anterior, porque titubeó antes de decirla, con deseo manifiesto de no perder la oportunidad de pronunciarla en aquel momento.

—La gente del pueblo —continuó— tiene razón acerca de usté, señor. Sin duda que es usté un gran dotor. Sabe todos los secretos oscuros del mundo. Pudo usté encontrarla tan pronto, con mayor prisa de lo que lo esperaba. Pero quiero decirle que los dos pesos y cuarenta y seis centavitos que le prometí por la medicina, no puedo dárselos. Lo siento mucho, pero siendo usté un gran dotor como es, podrá comprender que no me es posible pagarle ahora. Sólo puedo darle mi gratitud honesta. Mire usté, señor dotor, el dinero lo necesito pa'l viaje, por esto no puedo dárselo a usté. Usté entiende esto muy bien, porque es usté un gran sabio. Adiós, señor, adiosito y otra vez mil, mil gracias.

Y partió con la velocidad de un venado. Unos minutos más tarde, el monte se lo había tragado.

Nunca he engañado a un indio. La medicina que le di fue la mejor que pude recetarle. Ningún otro médico se la hubiera prescrito mejor.

El pueblo al que me referí se encuentra a quinientos kilómetros de aquí. El hombre solamente tenía aquellos dos pesos cuarenta y seis centavos. Así, pues, tendría que hacer todo el recorrido a pie. Nadie le daría ni un aventón, porque al no existir carretera alguna, no pasan por allí automóviles, y aun cuando pasaran, nadie lo llevaría en su coche, porque los latinoamericanos no son tan tontos para cargar con extraños que se detienen en las carreteras.

El mandarlo a caminar kilómetros y más kilómetros fue una medicina excelente para él y para mí. Me salvó de sorprenderme un día a mí mismo decapitado por un machete *Made in* USA.

Como era un hombre fuerte y sano, acostumbrado a trabajar duramente, caminaría cincuenta kilómetros y encontraría algún trabajo. También podía encontrarse por allí algún puerquito extraviado y venderlo en uno de los pueblos que cruzara, y con el producto llenarse bien la barriga con suficientes tortillas, frijoles, chile verde y unas copitas de mezcal. El estómago lleno le haría olvidar su pena. Cuando encontrara algún trabajo permanente, se establecería en ese lugar, y no transcurriría ni una semana sin que alguna mujer colgara de un clavo de su jacalito la canasta o el costal con su vestido dominguero, empezando, desde luego, a cocinar los frijoles y hacer las tortillas para él.

JUGANDO CON BOMBAS

El indito Eliseo Gallardo tenía tres hijas, todas bonitas y en edad casadera. La mayor, de diecisiete años, y la menor, de catorce.

Un día recibió la visita de Natalio Salvatorres, quien había pasado varias semanas en el monte hasta lograr producir carbón por valor aproximado de cincuenta pesos. Poco le quedó, sin embargo, de este dinero, tan difícilmente ganado, después de que se hubo comprado un pantalón y una camisa, un sombrero nuevo de petate, y de pagar la cuenta que debía a la vieja que lo hospedaba.

El sábado anterior había habido un baile en el pueblo que había durado casi hasta el amanecer. Fue en aquel baile en donde Natalio vio a las tres muchachas Gallardo, aun cuando tuvo muy pocas oportunidades de bailar con ellas, pues los otros muchachos eran más listos y decididos que él. Todo el domingo estuvo reflexionando. Cuando por fin el lunes llegó a una conclusión, necesitó del martes y del miércoles para aceptarla completamente. El jueves su idea había madurado lo suficiente y ya el viernes supo claramente lo que deseaba.

Fue precisamente en atención a esa idea por lo que se dirigió el sábado a visitar a Eliseo, el padre de las tres muchachas.

—¿Bueno, a cuál de las tres quieres? —preguntó Eliseo.

—Aquélla —dijo, señalando con un movimiento de cabeza a Sabina, la más bonita, la que tenía catorce años.

—Ya me lo imaginaba —dijo Eliseo—. Claro está que te sabría bien, no eres tan tonto. Y de paso, ¿cómo te llamas?

Cuando Natalio hubo dado su nombre completo, que sabía pronunciar pero no escribir ni deletrear, el padre le preguntó cuánto dinero tenía.

—Veinte pesos.

Aquella cantidad equivalía al doble de lo que en realidad poseía.

—Entonces no te podrás llevar a Sabina. Yo necesito unos pantalones nuevos y la vieja no tiene zapatos. Si tan espléndido te sientes y quieres a Sabina, no esperarás que nosotros vistamos harapos. ¿Acaso ignoras quiénes somos en el pueblo? Si quieres que se te abran las puertas de esta casa, serán necesarios los pantalones nuevos pa mí y cuando menos unos zapatos de lona café o blanca pa la vieja. Dame un poco de tabaco.

Con los cigarrillos de hoja enrollados y encendidos, Natalio dijo:

—Bueno, don Eliseo, me conformaré con esa otra. En esa ocasión señalaba a la mayor de las tres, que era Filomena.

—Eres bastante inteligente, Natalio. ¿En dónde trabajas?

—Tengo un burro, un burro joven y fuerte.

—¿Caballo no?

Aquel interrogatorio referente a su situación económica le causaba malestar. Escupió varias veces sobre el piso de tierra del jacal antes de contestar.

—También tengo un tío que trabaja en un rumbo donde me han dicho que hay más de cien minas. Tan luego consiga una mujer me iré pa'llá y esperaré hasta conseguir trabajo

en una mina. Mi tío se encargará de ello. Él conoce bien al
capataz de la cuadrilla, es casi su amigo. Pos usté no está pa
saberlo, don Eliseo, pero uno puede sacar hasta tres pesos
diarios en aquellas minas.

—Caray, tres pesos diarios ya son un dineral. Pero de cualquier forma, los desgraciados veinte pesos que ora tienes no
servirán pa nada. Con tan poco no podemos celebrar la boda.

—¿Por qué no? —preguntó Natalio—. Una boda no costará tanto. En cuanto al cura, como no podemos pagarle, pos
tendremos que hacer el asunto sin ayuda de la iglesia. Tampoco podemos pagar por la licencia de matrimonio, ¿verdad?

—En eso tienes razón, ningún dinero del mundo alcanzaría
pa costear esas cosas que poco tienen que ver con una boda.
Pero, eso sí, por lo menos necesitamos dos músicos pa'l baile.
Además compraremos tres botellas de mezcal, mejor cuatro,
di otro modo la gente del pueblo se va a pensar que Filomena
no estaba casada contigo y que sólo se había ido como una
cualquiera. Y nosotros no semos ansina. Semos gente honesta. Nunca esperes que una de mis hijas se vaya contigo sin mi
licencia. Ni en cien años. Mientras yo sea el padre, no pasará
eso. No, señor.

Así empezaron las negociaciones. Después de conversar,
fumar y beber café durante algunas horas, se acordó que
Natalio volvería al monte por seis u ocho semanas más para
producir el carbón suficiente que le diera para pagar a los
músicos, comprar mezcal, dos kilos de café, ocho de pilon-
cillo, un par de zapatos ligeros de lona para la madre y unos
pantalones para el padre. Además, se necesitarían tres pesos
de bizcochos para tomarlos con el café y ofrecerlos a las mujeres y niños que asistieran a la boda. De hecho, todo el pueblo
se presentaría. Y si sobraban algunos pesos para atender a las

visitas inesperadas de algún pueblo vecino, tanto mejor para la buena reputación de la familia.

Cuando finalmente se llegó a un acuerdo y Natalio aceptó todas las condiciones puestas por el padre, se le permitió alojarse con la familia, la que le cobraría una cuarta parte menos de lo que le cobraba la mujer de la fonda. Podría acomodarse en un rincón de la única pieza del jacal, permitiéndosele a Filomena dormir en el mismo rincón siempre y cuando Natalio le comprara una buena cobija. Con esta medida se evitaban una serie de molestias y dificultades que habrían sobrevenido de no ser así las cosas.

Natalio corrió a la tienda y compró una cobija con los colores más alegres que pudo encontrar. Y regresó con una botella de mezcal, además, para celebrar el trato.

Todos los miembros de la familia, sin excluir a Filomena, habían estado presentes mientras se discutía aquel negocio.

Cuando todos hubieron bebido de la botella, el padre preguntó a la muchacha si tenía algo que decir.

Ella por toda respuesta dijo:

—Haré lo que usté mande, padre.

Y así todos quedaron satisfechos con el trato.

El baile había terminado. También se habían terminado los tamales, tacos y enchiladas y el oloroso atole con que habían contribuido los parientes de la novia. El viejo Gallardo se había emborrachado. Pero borracho como estaba tenía buen cuidado de no enlodarse el pantalón. La vieja había usado sus zapatos nuevos de lona café solamente durante la primera hora de la fiesta. Después se los había quitado y colocado nuevamente en la caja de cartón en la que se los habían vendido, y con el orgullo de poseer tesoro semejante, los había escondido para que ninguna de sus hijas pudiera hallarlos.

Como todas las cosas habían ocurrido en la forma en que se planearan, Filomena era esposa de Natalio, respetada y reconocida como tal por todos y a quien nadie se atrevería ya a cortejar.

Natalio cargó al burro con sus cobijas, sus petates, su cafetera, el tompiate con provisiones, su machete, su hacha y su Filomena. Se dirigió a la región minera.

No tenía allí a ningún tío, aquella había sido otra de sus mentiras para ganar la confianza del padre de Filomena. Sin embargo, como estaba verdaderamente deseoso de trabajar y de aceptar cualquier trabajo que encontrara sin importar lo duro que éste fuera, no había permanecido una semana en el pueblecito minero que eligiera, cuando se le presentó una oportunidad. Claro está que no le pagaban tres pesos diarios, lo más que pudo conseguir fue un peso setenta y cinco centavos, con pago doble de horas extras.

En sus horas libres, Natalio construyó un jacalito de adobe como todos los del lugar, en el que inició con Filomena una vida semejante a la de la mayoría de los indígenas mineros. Ella cocinaba sus comidas, lavaba su ropa, le remendaba los pantalones, le curaba las heridas del trabajo y calentaba su cama en las noches frías y nebulosas tan frecuentes en aquella región montañosa.

Natalio era muy feliz y Filomena no tenía motivo de queja.

Aquel estado de cosas habría durado toda la vida, a no ser por un joven minero que descubrió en Filomena algo muy especial que Natalio jamás habría encontrado en su mujer, aun cuando hubiera vivido con ella cincuenta años y medio. Ocurrió que una noche, cuando Natalio regresó a casa, la paloma había volado del nido. Y como descubriera que se había llevado la cobija, los tres vestidos de percal, el jabón perfumado y el peine, cosas todas que él le había comprado, comprendió perfectamente que ella se había marchado para siempre.

El modo en que están construidos los jacales de adobe en que viven los mineros de esta región no permite mucha discreción. Como carecen de ventanas, las puertas permanecen constantemente abiertas, cerrándose solamente cuando sus habitantes se retiran por la noche.

Así, pues, no le costó mucho trabajo a Natalio encontrar el jacal que buscaba. A través de las paredes de aquél, construido con una armazón de otates cubierta de lodo, Natalio vio a Filomena sentada junto a su nuevo elegido, feliz, encantada de la vida. Con él nunca había estado tan alegre, ni lo había acariciado jamás como lo hacía ahora con su amante.

En el jacal había dos parejas más. Hablaban y reían como si aquello fuera una fiesta. El nombre de Natalio no se mencionaba, parecía haber muerto hacía mucho tiempo por la forma en que aquellos jóvenes se desentendían de él.

Convencido Natalio de que Filomena parecía más feliz y cien veces más enamorada de lo que estuviera de él y de que no había ni la más ligera esperanza de que quisiera regresar a su lado, decidió terminar con aquel episodio de su vida.

Se dirigió a la bodega en que guardaban las herramientas y los explosivos. Entró por debajo de la pared de lámina corrugada y consiguió varios cartuchos de dinamita y mechas.

Con astucia y paciencia manufacturó una bomba de la que

la parte visible era una latita vacía hallada cerca de la tienda de raya.

Cuando terminó de hacer la bomba, regresó al jacal en el que aún se encontraban las tres parejas juntas, mostrándose más animadas y contentas que antes. El amante de Filomena tocaba un órgano de boca, y ella lo abrazaba. A juzgar por las apariencias, las tres parejas pensaban permanecer allí toda la noche y dormir hasta que los hombres tuvieran que regresar al trabajo por la mañana.

Fue fácil para Natalio empujar la bomba dentro del jacal a través de la puerta abierta, convenciéndose antes de que la mecha estaba bien prendida.

Hecho aquello, desapareció de los alrededores y regresó a su jacal para acostarse. Había fabricado aquella bomba con toda la habilidad de que él era capaz y había puesto todo su empeño en que los efectos fueran seguros. Una vez hecho todo esto, los resultados no eran de especial interés para él. Extraño como puede parecer, los indios ignorantes son así. Si la bomba estallaba como él esperaba, todo marcharía bien. Pero si, por cualquier motivo, no llegaba a estallar, también le parecería que todo marchaba bien. Una vez manufacturada y puesta la bomba, su venganza se hallaba realizada en su concepto. Todo cuanto ocurriera después, lo dejaba en manos de la Providencia. En adelante, Filomena y su nuevo hombre podían estar tranquilos, pues para él aquel caso era asunto concluido.

No así para las tres parejas que se hallaban en el jacal.

En los distritos mineros cualquier hombre o mujer sabe lo que significa una lata con una mecha adosada y encendida.

Las parejas, al ver la bomba, abandonaron el jacal de un salto, sin tiempo siquiera para articular un grito de horror. Inmediatamente se escuchó una terrible explosión que lanzó el jacal en pedazos a cincuenta metros de altura.

Filomena y su amante no recibieron ni un arañazo siquiera. Los otros miembros de la reunión pudieron también salvarse, excepción hecha de la mujer de la tercera pareja.

La infeliz mujer era la dueña del jacal y en el preciso momento en que la bomba apareciera, ella estaba ocupada haciendo café en el rincón más apartado. Así, pues, no se pudo percatar ni de la bomba ni de la rápida huida de sus visitas. Como no le fue posible en tan poco tiempo escoger la parte del jacal con la que más le hubiera gustado viajar, fue lanzada por el aire y cayó en veinte partes diferentes.

Dos días más tarde, un agente de policía se presentó a ver a Natalio y a preguntarle qué sabía de la explosión. Como se le interrogaba en el lugar de su trabajo, en una excavación, Natalio no permitió que se le interrumpiera seriamente. Sólo cuando descansó para enjugarse el sudor y enrollar un cigarrillo, honró al agente con su información.

—¿Usted lanzó una bomba a la casa de Alejo Crespo, verdad?

—Cierto, pero eso a usted no le importa, porque es un asunto exclusivamente mío.

—Una mujer fue muerta al estallar la bomba.

—Lo sé, no necesita usted decírmelo. Era mi mujer y creo que con mi mujer puedo hacer lo que se me dé la gana, ya que soy yo quien ha pagado su comida, sus ropas y la música pa la boda. Y sepa que no quedé a deber nada, todo lo pagué.

Natalio sabía de lo que hablaba, aquello era verídico.

—Lo malo es —dijo el agente— que la muerta no fue su mujer, sino la de Crespo.

—¿Entonces qué? Si la muerta fue la mujer de Crespo, yo nada tengo que ver en el asunto. La mujer de Crespo, ¡vaya!, yo ni siquiera la conocía. Nunca me hizo daño alguno. Muy lejos de mis intenciones estaba que ella muriera, en tal caso ya estaría de Dios. Yo no soy responsable de lo que el destino haga con gente a quien yo no conozco. La mujer de Crespo era grandecita y pa nada necesitaba que yo la protegiera. Si ella se hubiera cuidado un poco, nada le habría ocurrido. Yo no soy su guardián, ni su hombre y pa nada me importan las mujeres que no cuidan de sí mismas. Después de todo, un pueblito minero como éste no es un jardín pa niños.

Natalio terminó de fumar su cigarrillo. Con el zapapico golpea furiosamente la roca, indicando que tiene cosas bastante urgentes que hacer y que no le es posible perder el tiempo charlando de asuntos que no tienen importancia.

Cuatro semanas después, el caso es llevado a los tribunales y Natalio es acusado de homicidio, sin hacerse mención del grado. El jurado está formado por hombres del pueblo. Dos de ellos son capataces de las minas, uno es carpintero, también de las minas, otros son bodegueros, cantineros, un carnicero y un panadero. Ninguno de ellos tiene el menor interés en condenar a Natalio. Su negocio depende de los mineros que trabajan, y los que están en la cárcel no les producen. En cuanto a la aplicación de la justicia, ellos tienen una opinión bien distinta acerca de la justicia o injusticia en determinado caso. De cualquier forma, todos, sin excepción, están dispuestos a complacer a las dos partes interesadas.

Sus compañeros de trabajo habían aconsejado a Natalio que cerrara la boca, y en caso de que la abriera, no dijera más que: "Yo no sé".

Aquel consejo le gustó muchísimo, pues le desagradaba trabajar con la cabeza. Así, pues, lo siguió al pie de la letra.

En realidad, a Natalio le importaba muy poco el juicio. Si hubiera sido condenado a prisión o aun sentenciado a muerte, la cosa le habría preocupado bien poco. Ahora que, si lo absolvían, volvería a su trabajo, del cual gustaba inmensamente.

Enrolla un cigarrillo sin mostrar ni la más leve emoción. Nada le preocupan las gestiones preliminares que se llevan a cabo en el tribunal, situado en el palacio municipal, cuyo edificio de adobe cuenta con una sola estancia con suficiente espacio para servir de juzgado. El escenario se encuentra listo.

Todos los presentes fuman: el juez, el agente del Ministerio Público, los señores del jurado y los mineros asistentes. Estos últimos habían concurrido no porque les interesara mucho aquel maldito juicio, sino por descansar a causa de heridas recibidas en las minas y necesitar matar el tiempo de alguna manera, ya que, carentes de dinero, no les es posible pasarlo en las cantinas. Algunos de ellos llevan la cabeza o la cara vendadas, un brazo en cabestrillo, y otro anda con muletas.

"El detenido se halla confeso. El agente de policía que lo interrogó sólo dos días después de cometerse el crimen se encuentra presente para declarar como testigo si lo desean su señoría y los honorables señores del jurado".

El caso era bien claro para el fiscal, quien tenía toda la seguridad de ganarlo sin ninguna dificultad y de declarar convicto al acusado. Lo que le preocupaba era no encontrarse desocupado a tiempo para tomar el tren de regreso a su casa, y verse obligado a pasar la noche en aquella miserable, sucia y maloliente aldea minera.

No había hablado mucho, pero los señores del jurado empezaban a sentir disgusto por su arrogancia y por lo claramente que manifestaba su antipatía por las gentes del lugar, especialmente por los mineros. Estaba furioso por haber sido enviado a aquel pueblecito dejado de la mano de Dios, por cuyas calles no era posible transitar sin dejar los zapatos en el lodo.

No tanto por salvar a Natalio, sino por hacer perder el tren a aquel petulante fiscal y verlo regresar a casa derrotado por los hombres a quienes despreciaba, los del jurado insistieron en hacer valer sus derechos de interrogar al reo y a los testigos, si lo juzgaban necesario para esclarecer el caso. Si con aquellos procedimientos del jurado Natalio se beneficiaba, tanto mejor, pues los miembros del mismo simpatizaban con su calma y estoicismo. El juez, que tenía necesidad de permanecer allí durante la noche, por tener otros casos que resolver al día siguiente, recibió con beneplácito la interrupción del jurado. Aquello haría el juicio menos tedioso y le acortaría el día, ya que sólo de ese caso tendría que ocuparse, y si terminaba pronto no sabría qué hacer con su tiempo y ya estaba cansado de dormir durante todos sus ratos de ocio.

Uno de los señores del jurado pidió al juez que tuviera la bondad de interrogar al acusado acerca de si era cierto que se había declarado culpable del asesinato.

Natalio se levantó y contestó con inimitable calma:

—¡No sé, señor!

Después volvió a sentarse, poniéndose el cigarrillo entre los labios. Otro de los señores quiso ver la declaración firmada por Natalio.

El fiscal intervino nerviosamente:

—Esa declaración, honorables señores del jurado, está escrita y firmada únicamente por el agente de policía, ya que el acusado no sabe ni leer ni escribir. A su debido tiempo, yo llamaré al agente para que atestigüe. El testigo es un policía honorable, con excelentes antecedentes y muchos años de servicio. No hay razón para pedir mayores detalles sobre su informe escrito y verbal, ni sobre los resultados de su cuidadosa investigación.

Inclinado sobre su mesita, empezó a tamborilear con los dedos sobre sus papeles con creciente malestar.

Otro de los miembros del jurado quiso saber por qué él y sus honorables colegas habrían de creer más en la palabra de un policía que recibe su sueldo del dinero de los contribuyentes, que en la palabra de un honesto minero que no vive sino del producto de su trabajo, que beneficia a la nación entera.

Un cuarto miembro desea que el acusado confiese inmediatamente y ante el jurado, haber cometido el crimen del que se le acusa.

El juez se dirige a Natalio:

—Ya oyó usted lo que el honorable señor del jurado desea saber. ¿Mató usted a la mujer de Crespo?

Natalio se incorpora a medias y contesta muy sereno:

—No sé, señor.

Como si le picaran con un alfiler, el fiscal da un brinco en su silla al mismo tiempo que grita a Natalio:

—Pero usted arrojó la bomba, ¿verdad? Diga la verdad, hombre, la mentira no le ayudará en nada. Usted tiró la bomba.

Con voz aburrida, Natalio dice:

—No sé, señor; no sé.

Se sienta nuevamente y da una fumada a su cigarrillo con la apariencia del que tiene la conciencia tranquila.

El fiscal se abstuvo de llamar al agente de policía, como intentara hacerlo media hora antes. Conocía ya a los señores del jurado —"¡Vaya señores!", dijo para sí—, y sabía que acto continuo preguntarían al agente si era cierto o no que recibía su salario de las contribuciones pagadas por los ciudadanos. Y una vez obtenida la afirmación, le preguntarían a él, al fiscal, de dónde procedía su salario. Después de esto y con la malicia que les reconocía, dirían que toda vez que ambos recibían sus sueldos del mismo amo, tendrían alguna combinación para condenar a aquel minero honesto a fin de justificar la necesidad de sus puestos. Adelantándose a aquella interpretación torcida de los hechos, el fiscal decidió jugar mejores cartas y archivar al agente para otra ocasión.

Llamó a Filomena y al resto de los presentes en el momento en que la bomba estallara, para que declararan como testigos. Aquellos testigos eran miembros de la comunidad y ni el jurado más suspicaz habría dudado de su dicho. El fiscal veía en Filomena el punto de apoyo más efectivo. Sin duda diría la verdad, ya que la bomba estaba dedicada a ella, quien se sentiría más tranquila estando Natalio en prisión por varios años.

Filomena y los otros testigos sabían perfectamente, como el resto de la comunidad, que Natalio había manufacturado y lanzado la bomba, demostrando así que sabía defender su honor y castigar a una mujer infiel.

Sin embargo, al tomar el sitio de los testigos, aquellas cinco personas declararon, sin titubear, no haber visto al individuo que lanzara la bomba. Cuando el fiscal, desesperado, les preguntó si creían que Natalio hubiera echado la bomba, los testigos dijeron que ésta podía haber sido arrojada por el anterior amante de la Crespo, conocido en todo el estado como hombre celoso y de mal genio, capaz de cualquier cosa cuando se considera insultado. Filomena llegó más lejos aún, pues dijo que conocía bien a Natalio, ya que había sido su mujer durante dos años, y que estaba absolutamente segura de que Natalio era incapaz de algo malo, que sería el último en todo el mundo que se atreviera a lanzar una bomba en contra de ella, que había sido su esposa, y que sabía que él nunca había tenido nada que ver con la mujer de Crespo —que la Virgen Santísima bendiga su alma inmortal—, y que, por lo tanto, no podía soñar siquiera que él deseara hacerle mal alguno, ya que no era hombre violento y podía asegurar que era el más pacífico de todos.

—El Ministerio Público ha terminado —dijo por toda respuesta el fiscal.

El abogado defensor que el estado proporcionara a Natalio y que durante todo el juicio no pronunciara palabra, se puso de pie y dijo:

—¡La defensa ha terminado también!

El jurado se retira. En menos de media hora, pues sus miembros tienen asuntos que atender, regresa.

El veredicto es: "No culpable".

Natalio es puesto en libertad inmediatamente.

Él y sus testigos, incluyendo a Filomena y a su nuevo hombre, van a la cantina más próxima a celebrar el acontecimiento con dos botellas de tequila. Las botellas pasan de boca en boca sin que ninguno haga uso de los vasos. Todos saborean un poco de sal y chupan limón.

Cuando las botellas están vacías, Natalio regresa a su trabajo, pues restando algunas horas hábiles todavía, él, minero honesto, no quiere perderlas.

Como de costumbre, el sábado siguiente se celebra el baile en el pueblo, al que Natalio asiste. Allí encuentra a una joven que, sabedora de sus virtudes de hombre sobrio y trabajador, acepta su proposición para vivir con él como su mujer.

En la tarde del día siguiente, ella llega al jacal, llevando consigo todos sus bienes guardados en un saco que cuelga de un clavo.

Después de observar su nueva morada y de hacer el aseo de la misma, prepara la cena.

Es de noche. Coloca la cazuela con los frijoles humeantes sobre la mesa y cuando vuelve al fogón, descubre sobre el piso una lata de regulares dimensiones en la que penetra una mecha encendida.

Ella logra escapar ilesa. De Natalio, sin embargo, no quedó ni uno solo de los botones de su camisa que se pudiera guardar como recuerdo.

CORRESPONSAL EXTRANJERO

Hubo un tiempo en que creí seriamente poder llegar a ser un gran corresponsal extranjero si se me daba una oportunidad. Escribí, por lo tanto, una elegante carta en finísimo papel a cierto diario importante de mi tierra, detallando mis grandes habilidades y mi vastísima experiencia, para terminar solicitando, con mucha modestia, el trabajo que tanto ansiaba.

El editor, sin duda un hombre muy ocupado, aunque muy amable, contestó como sigue: "Mándeme reportaje sangriento, bien jugoso, al rojo vivo, y si es posible referente a algún episodio en que el matasiete Pancho Villa tenga el papel principal. Pero tiene que ser sensacional, candente, incendiario".

Esto me cayó bien, pues ya varias veces había sido prisionero de guerra de Villa y en tres ocasiones hasta se me había advertido que se darían órdenes de que me fusilaran a la mañana siguiente si persistía en ser un "entremetido importuno e indeseable, y además por andar husmeando lo que no me importaba". Sin embargo, nunca había presenciado episodio alguno con mucha sangre, al menos la bastante como para complacer al sediento editor.

Era a mediados de 1915, después de la toma de Celaya, cuando yo me encontraba en la industriosa ciudad de Torreón.

Una mañana estaba parado en la banqueta muy cerca de la entrada del Hotel Principal, donde me había hospedado la noche anterior. Salí a ver cómo estaba el tiempo y a llenarme los pulmones de aire fresco mientras llegaba la hora del desayuno.

Pues bien, ahí estaba yo parado contemplándome las manos y pensando que las uñas ya necesitaban una recortadita. Mientras tenía las manos extendidas con las palmas para abajo, una espesa gota roja salpicó mi mano izquierda. Enseguida otra gota igual, roja y gruesa, cayó sobre mi mano derecha.

Miré hacia arriba para ver de dónde podría venir esa pintura, pero antes de poder descubrir algo, cayeron sobre mis ojos, cegándome temporalmente, unas cuantas gotas más, extraordinariamente gruesas, que rebotaron en mi nariz. Usé mi pañuelo para limpiarme los ojos, y al ver al suelo noté que ya había seis charquitos de esa espesa pintura roja tan repugnante.

Una vez más miré hacia arriba y vi que, precisamente sobre mi cabeza, había una especie de balcón. Eso me convenció de que algún obrero debía de estar pintando la barandilla de dicho balcón y que el tal tipo desde luego debía ser un sujeto bastante descuidado.

Empujado por mi deber cívico, caminé hacia la calle, hasta cerca de la mitad, desde donde podía ver mejor el balcón y gritarle al tal pintor que tuviera más cuidado con su trabajo, pues podía fácilmente arruinar los trajes nuevos de las damas que salieran del hotel.

No era pintor alguno que trabajara en el balcón. Tampoco era pintura la que caía tan libremente sobre los huéspedes del hotel que entraban y salían. Era algo que yo no esperaba ver tan temprano y en una mañana tan hermosa y apacible.

La barandilla estaba hecha de hierro forjado en un estilo fino y bellamente trabajado. Sobre cada uno de los seis picos de hierro de dicha barandilla estaba ensartada una cabeza humana, acabada de cortar. El hotel tenía cuatro balcones iguales, a cada uno de los cuales se podía llegar por una ventana estilo francés que daba desde el cuarto, y cada balcón tenía seis picos de hierro y cada uno lucía un adorno igual.

Horrorizado me precipité hacia adentro a ver al dueño del hotel, esperando encontrarlo desmayado o en agonía. Solamente se encogió de hombros y dijo con displicencia:

—Eso no es nada nuevo, amigo. Si no hubiera nada que ver esta mañana, eso sería una gran novedad. Pero eche una mirada al otro lado de la calle. ¿Qué ve? Sí, un restaurante, y muy cerca de los ventanales, Pancho y sus jefes están desayunando. Panchito, sabe usted, es de muy buen diente, pero no se le abre el apetito si no tiene esta clase de adorno ante sus ojos. Fíjese en ese coronel de bigotes que ve ahí. Se llama Rodolfo Fierro. Él es quien cuida que el adorno siempre esté listo al momento de sentarse Panchito a desayunar.

—¿Quiénes son esos pobres diablos ensartados allá arriba? —pregunté.

—Generales y otros oficiales de los bandos opuestos que tuvieron la mala suerte de perder alguna escaramuza y caer prisioneros. Siempre hay un par de cientos en la lista de espera, así es que Pancho puede estar seguro de su buen apetito todos los días.

—Bueno, pues eso sí que es noticia para enviar a la gente de allá del otro lado del río —contesté—, pero, óigame, noté una cabeza que a mi parecer no es la de un nativo, sino más bien como la de un extranjero, un inglés o algo por el estilo.

—No, no es la cabeza de un inglés la que vio —dijo el hotelero con su fuerte acento norteño, al mismo tiempo que se me acercaba tanto que su cara estaba casi pegada a la mía mientras hablaba—. No, no es un inglés. No se equivoque usted, amigo. Es la de un cabrón tal por cual corresponsal de un periódico americano. ¿Por qué tiznados tienen estos gringos que meter sus mugrosas narices en nuestros asuntos? Es lo que quiero yo saber. Por lo que yo he visto, ellos tienen en casa bastante cochinada y podredumbre, tanta, que ya mero se ahogan en ella. Pero estos malditos gringos nunca se ven su cola. Siempre andan metiéndose en los líos de otros. ¿Qué tiznados hacen aquí? Si quiere saber, amigo, le diré que bien merecido se lo tiene ese ensartado allá arriba. Que sirva aquí de algo útil; nosotros siquiera los usamos para aperitivos de Pancho. Es para lo que sirven. Sí, señor, esa es mi opinión sincera.

Pulí esta historia cuidadosamente, la escribí a máquina en el papel más caro que pude encontrar, y la mandé por correo esa misma tarde al editor aquel tan amable. A vuelta de correo tenía su respuesta. También mi reportaje devuelto. En lugar de adjuntar la acostumbrada nota impresa rehusándolo, se había tomado la molestia de escribir unas cuantas líneas personalmente como acostumbran hacerlo los editores amables para hacerlo sentir a uno mejor.

Aquí están. Las líneas, quiero decir, no los editores amables. "Su reportaje no tiene interés para nuestros lectores. Le falta jugo, sangre, y no es movido. Peor todavía, Pancho ni siquiera toma parte activa en él. Por mi larga experiencia como editor le sugiero olvidarse de llegar a ser corresponsal extranjero. De usted atentamente, El Editor".

Seguí el honrado consejo de ese editor tan amable y me olvidé completamente de llegar a ser corresponsal extranjero para un periódico americano, y creo que esta es la razón por la cual todavía conservo mi cabeza sobre los hombros, siendo que Pancho tiempo ha que fue a su último descanso sin la suya.

BIBLI OTECA

B·TRAVEN

MACARIO

◆

LA ROSA BLANCA

◆

LA CARRETA

◆

LA REBELIÓN DE LOS COLGADOS